DE PUT!

Frank Pollet
www.frankpollet.be
De Put!

Vanaf 10 jaar

© 2006, Abimo Uitgeverij,
Beukenlaan 8, 9250 Waasmunster
foon: 052/46.24.07 fax: 052/46.19.62
website: www.abimo-uitgeverij.com
e-mail: info@abimo-uitgeverij.com

Eerste druk: februari 2006

Cover
Ann De Bode

Vormgeving
Marino Pollet

NUR 283
D/2006/6699/02
ISBN 90-59322-73-8

De Nederlandse
Kinderjury
2007

©CPNB

de PUT!

Frank Pollet

ABIMO
UITGEVERIJ

Elke gelijkenis met bestaande personen, locaties en situaties in dit boek
is natuurlijk geen toeval.

Dank aan mijn meelezers en fietbekkers Anja, Rineke en Moniek.
Dank aan Christina Guirlande omdat ik werk van haar mocht citeren,
en aan Hanna die haar handschrift ter beschikking stelde.
Dank aan Stefaan Van Hul voor de foto op pagina 6.
En natuurlijk aan Kari Bremnes die ook nu weer ongewild en zelfs onwetend
haar medewerking aan dit boek heeft verleend: tijdens het schrijven
speelde onafgebroken haar muziek...

Een voorpublicatie uit dit boek verscheen in 2003 onder de titel *Zonder Doel*
bij Uitgeverij De Boeck, Antwerpen, in de reeks 'De Wereld in Verhalen'.

'De Put!' is opgedragen aan alle Doelenaars.

Yo Wim!

Misschien verbaast het je dat je van mij een briefje krijgt. 't Is allang geleden dat we elkaar voor het laatst zagen, hè. (Sorry voor mijn lotte reactie toen. Ik hoop dat je het een beetje kunt begrijpen...)

Hoe gaat het met jou? Valt het mee daar op de middelbare school in Beveren? Helemaal anders dan op het schooltje van Doel?! Vast veel groter! Kleiner dan de school in Doel kan moeilijk...

Hoe gaat het met Cola? Eet hij goed? Hij is niet zo jong meer. Maar ik weet dat je goed voor hem zorgt.

Ben je uiteindelijk naar het verjaardagsfeestje van Rani geweest? Smeert zij nog zoveel make-up op haar gezicht? En hoe gaat het met Maurice? Leidt hij nog steeds groepen rond in het dorp?

En stinkt Lode nog steeds zo naar zweet? (Weet je dat ik me zijn lichaamsgeur nog precies kan herinneren...)

En je mama? Is ze nog zo mager? Heeft Erik al elektriciteit in huis? ☺

Doe iedereen de groeten, ik mis jullie allemaal...

01

'Yep! Naar Riool de Janeiro ermee!'
Erik voegt de daad bij het woord en gooit een bakje motor-
olie in de rioolput. Glimlachend bekijkt hij het zwarte goed-
je dat de diepte in glijdt.
'Mag dat wel?' vraagt Wim zorgelijk.
'Niet mogen? Ook vloeken mag niet, godverdomme!' lacht
Erik.
Hij is met zijn vriendin Petra een paar maanden geleden in
Doel neergestreken, en heeft er een leegstaand huis gekraakt.
'Het staat toch leeg, niemand heeft er wat aan', beweert hij.
Wim vindt het wel avontuurlijk. Zomaar een leegstaand huis
binnengaan en zeggen dat je er vanaf dat moment woont...
Ook de inwoners van Doel vinden het vreemd. Het koppel
gaat over de tong. Sommigen vinden kraken een criminele
daad, noemen het inbraak en willen het liefst Petra en Erik
weer weg hebben. Anderen, zoals Wims moeder, hebben wel
sympathie voor het jonge stel. Sinds Doel een bedreigd oord
is geworden, loopt het dorp zienderogen leeg.
Erik gaat weer onder zijn oude 2-pk liggen en sleutelt verder.
Wim volgt Eriks bewegingen aandachtig.
'Lukt het, Erik?'
'Nee!' giert die. 'Nog niet. Maar het móét. Is het niet vandaag, dan wel morgen! Wacht... Kom, eendje kom, ja, braaf,
ja ja, oké! Yes! Yes!!'
'Gelukt, dus', zegt Wim.

7

'Zeker. Een eend blijft een braaf beestje. Zo'n autootje verslijt je niet', lacht Erik terwijl hij op zijn zelf beschilderde 2pk tikt.
'Hier zit wat roest, daar zou je toch wel iets aan moeten doen', bromt Wim.
'Roest?! Roest?! Heb jij er last van?' roept Erik.
'Eh... nee', geeft Wim toe. 'Ik niet...'
'Ik ook niet', lacht Erik. 'Tjonge, waar jij je al niet druk om maakt... Veel teveel mensen maken zich zorgen om pietluttigheden, toch?'
Erik schuift onder de auto vandaan, maakt zijn handen schoon aan een vuile doek, slurpt van zijn biertje en begint een sigaret te rollen.
'Slecht voor de gezondheid', wijst Wim.
'Kankeraar!' grapt Erik.
Petra komt de garage binnen op rode schoenen die fel afsteken tegen haar opvallend lange, melkwitte benen.
'Hoi, Wim', lacht Petra. Ze stapt op Erik af en geeft hem een kus op zijn mond.
En dat doet Wim natuurlijk meteen weer aan Sofie denken...

02

'Nee, meneer, die woont hier allang niet meer', herhaalt de postbode vriendelijk maar kordaat.

De man in de auto bekijkt de postbode vals. Hij zuigt gulzig aan zijn sigaar.

'Ben je er echt heel zeker van?' vraagt de sigaar.

'Héél zeker', knikt de postbode. 'En als je het niet gelooft, vraag het dan aan iemand anders!'

'Shit', zegt de sigaar. De elektrisch bedienbare raampjes van zijn knalrode Fiat zoemen omhoog. De auto zoeft over de dijk, langs de molen op de dijk en duikt dan de polder in. Een stofwolk waait over het land.

'Wauw!' roept Wim. 'Die vliegt nogal!'

De postbode kucht, stopt post in de bus van taverne *Doel 5* en knikt.

'Die kerel kwam vragen waar Erna Van Puyvelde woont. Straf, hé. Hij moet toch wel weten dat de leegloop hier in Doel lang geleden begonnen is?! Erna, die woont hier al zeker twee jaar niet meer!'

Opnieuw kucht de postbode nerveus. Hij schuift een elastiekje over een handvol enveloppen.

'Wreed, hé, straks zijn ze hier allemaal weg. Ik draag soms meer brieven voor mensen die hier allang niet meer wonen... 'k Mag er niet aan denken. En binnenkort raak ik misschien mijn werk kwijt, vlak vóór mijn pensioen. God weet waar ik dan een wijk krijg, en hoe zwaar...'

9

De postbode schudt het hoofd en fietst verder de Pastorij-
straat in.

Wim staart de man na. De postbode was altijd heel hartelijk
tegen iedereen, maar het laatste jaar is hij erg veranderd. Een
vriendelijk praatje kan er niet meer van af. Vaak loopt hij in
zichzelf te mompelen, soms maakt hij zich ineens, zomaar
zonder reden, bijzonder kwaad. De enige die hem dan tot
rust kan brengen, is Maurice Vergauwen, de gepensioneerde
wijkagent. Samen gaan ze weleens een pint drinken in
Doel 5 of in de *Molen* op de dijk. Maurice leidt geregeld groepen rond in Doel. Wim hoort de man graag vertellen. Een
keer heeft hij met Maurice als gids het Verdronken Land van
Saeftinghe, het natuurreservaat vlakbij Doel, bezocht. Wim
is ook al een paar keer door hem rondgeleid in zijn eigen
dorp.

Hij herinnert zich de trillingen in Maurices stem. Trillingen
van woede en verdriet.

Bijna elke dag maakt Wim een wandelingetje naar de plaats,
vlak naast het dorp, waar al enkele jaren aan een gigantische
put gewerkt wordt. Enkele jaren geleden stond er nog een
mooie boerderij, maar nu zijn werklui er een containerdok
aan het graven. *Het Deurganckdok.* Wim vindt het machtig en
droevig tegelijk. En beangstigend, want volgens de laatste
berichten zou het niet bij dat ene dok blijven. Voor een tweede dok is al een plan getekend en die tweede onwaarschijn-
lijk grote put komt exact waar nu Doel ligt.

Zijn dorp!

03

Wanneer Sofie, Wim en Cola de trappen van de Scheldedijk aflopen, zien ze Erik op het zonnige terras van taverne *Doel 5* zitten.

'Yo, Erik!' roept Wim.

De jongeman met de lange paardenstaart en de vele oorringen wuift en roept terug dat ze erbij mogen komen zitten.

'Mijn mama zal dit niet fijn vinden, Wim', fluistert Sofie bezorgd.

'Ach wat,' lacht Wim haar zorgen weg, 'de kans dat je mama hierlangs komt is klein, toch? Trouwens, we maken het kort, oké?'

Sofie knikt. Ze weet goed hoe haar moeder denkt over Erik en zijn vriendin. Mama vindt dat Sofie maar beter ver uit de buurt van die armoedzaaiers kan blijven.

'Kom erbij zitten', nodigt Erik hen uit. 'Alleen ja, ik zit nogal krap bij kas, ik zal vandaag dus geen tractor kunnen zijn.'

Sofie kijkt Erik vragend aan.

'Sorry hoor', zegt die met een ernstig gezicht.

'Tractor?' vraagt Sofie.

'Géén tractor bedoel je', zegt Erik. 'Ik kan jullie niet trakteren, wil ik zeggen.'

Wim schiet in de lach, Sofie weet zich geen houding te geven.

'Geen probleem, Erik,' zegt Wim, 'we kunnen toch niet blijven. Sofie moet gauw weer naar huis.'

'Ben jij de dochter van Rombouts?' vraagt Erik.

Sofie knikt.

'Jullie verhuizen dus over een week of vier of zo...'

'Drie', corrigeert Sofie.

'Drie... Da's al heel gauw...'

'Veel te gauw,' zucht Sofie, 'want ik wil hier niet weg.'

Twee wielertoeristen nemen de bocht heel dicht bij het terras. Cola schrikt ervan en begint verwoed te blaffen.

'Cola!' roept Sofie. Meteen is de hond weer stil.

'Laat me je wat opvrolijken', zegt Erik ineens. 'Eh... Ik kan echt héél goed boeren laten. Wacht, ik zal even demonstreren.'

Erik zuigt lucht langs zijn mond naar binnen en laat dan een oorverdovende boer.

Sofies moeder, die op weg is naar de kleine supermarkt *De Flandria* op het pleintje voor *Doel 5*, hoort het geluid, kijkt op, en ziet haar dochter op het terras zitten.

'Sofie! Naar huis! Nu!'

Sofies hoofd kleurt helemaal rood.

'Mijn mama...' zegt ze overbodig, terwijl ze opstaat.

Ze knikt naar Erik, steekt de straat over, en loopt de dijk op. Uit *Doel 5* komt de ober te voorschijn: 'Wie heeft er een cola besteld?'

04

Het is zondag. Maurice leidt een groepje bejaarden rond in het polderdorp waar hij nu al zijn hele leven woont.

'Het Deurganckdok, dat men hier ten zuiden van ons dorp aan het graven is, wordt genoemd naar de geul die tussen Doel en Liefkenshoek lag. Op oude kaarten staat daar de zogenaamde Deurganck aangeduid. De naam Deurganck betekent eigenlijk doorgaan of doorgang, en daar kon men de tolheffing ontwijken.'

Maurice glimlacht wanneer hij de verbaasde gezichten ziet: 'Jaja, rond 1200 werd hier al belasting betaald!'

'En ontdoken!' roept een dikke man met een baard.

Maurice neemt een papiertje en zegt: 'Ik moet nu even spieken, want ik wil jullie met een paar cijfers confronteren. Het Deurganckdok zal het grootste dok van de wereld worden. Er was berekend dat het 430 miljoen euro zou kosten, maar men weet nu al dat het minstens 650 euro kost. Jullie weten dus waarvoor je belasting betaalt: voor de bodemloze put naast ons dorp...'

Hier en daar in het groepje stijgen verontwaardigde klanken op.

Maurice gaat door: 'Hier moeten per jaar ruim zes miljoen containers verhandeld worden. Zes miljoen per jaar! Wat betekent dat elke drie seconden een vrachtwagen het dok zal verlaten. Stel je maar eens voor: elke drie seconden zal hier een vrachtwagen met een container vertrekken. 1 – 2 – nu,

1 – 2 – nu. En dat dag en nacht, week in, week uit, jaar na jaar...'

De dikke baard vraagt: 'Zijn er wel wegen genoeg voor die duizenden vrachtwagens?'

Maurice schudt het hoofd: 'Daar heeft men nog niet goed over nagedacht, blijkt nu. Snap jij dat: er wordt met zoveel miljoenen euro's gespeeld en dan is er nog niet nagedacht over de gevolgen! Ja, meneer, het wegbrengen van die containers wordt een gigantisch probleem! Men moet dus nieuwe wegen aanleggen, het spoorwegnet uitbreiden, er is zelfs sprake van een nieuwe vrachtluchthaven. Als alles klaar is, zal het waarschijnlijk drie miljard euro gekost hebben.'

Hij herhaalt langzaam: 'Drie – miljard – euro! Sommigen zeggen dat het zó duur is, dat er nooit meer winst gemaakt zal worden.'

De dikke baard reageert heftig: 'Dat is toch schandalig! Waarom doen ze dat dan?'

Maurice haalt zijn schouders op en zegt: 'Ik weet het niet, meneer. Ik weet alleen dat ons dorp er door naar de knoppen gaat...'

'Hoelang mogen jullie hier nog blijven wonen?' vraagt een vrouw met een lijzige stem.

Maurice kijkt haar doordringend aan en antwoordt: 'Over twee jaar beslist de regering of er nog zo'n dok nodig is. Men weet niet of het er komt, maar men heeft er wél al een naam voor: het *Saeftingedok*. Als dat dok er komt, zullen de schepen varen waar nu ons dorp ligt. Want Doel zal dan niet meer bestaan, zal dan vervangen zijn door een grote, diepe put. Tot dan, mevrouw, mogen wij hier blijven wonen. Tot dan...'

'En hoelang denken zij hier nog te wonen?' vraagt Fred wanneer hij Erik en Petra in hun lelijke eendje voorbij ziet tuffen.
'Geen idee,' lacht Maurice, 'maar ik heb er geen last van.'
'Ik wel', zegt Agnes scherp. 'Mensen die in een onbewoond huis inbreken en er dan gaan wonen alsof dat huis hun eigendom is, zijn niet te vertrouwen. Ik denk dat we met dat koppel nog een en ander gaan meemaken.'
Maurice schudt het hoofd: 'Als ze hier iets van plan waren, dan zouden ze hier toch niet eerst komen wonen? Als je ergens een slag wil slaan, dan doe je dat toch het liefst zonder dat ze je kennen?'
Agnes mompelt iets onverstaanbaars.
'Dat is dan 17 euro en 50 cent', zegt het meisje achter de kassa van De Flandria.
'Het is hier allemaal naar de knoppen', gromt Agnes. 'Toen ik hier zeven jaar geleden met mijn man kwam wonen, wilden wij alleen maar rustig van ons pensioen genieten in dit polderdorp. Elke dag de boten op de Schelde zien varen, de zoute lucht inademen, de koeien in de polder zien grazen... Meer niet... Bij de gemeente hadden ze ons gezegd dat Doel altijd zou blijven, dat we ons geld gerust in dat huis konden investeren. De burgemeester heeft ons toen persoonlijk verzekerd dat er geen vuiltje aan de lucht was. Smet, heet hij. Bé-Smet, ja! Een grove leugenaar, dat is hij!'
Maurice kucht.

'Je weet het ook, hé Maurice. Mijn Freddy heeft het erdoor aan zijn hart gekregen. Toen de Vlaamse regering besliste dat Doel waarschijnlijk moet verdwijnen voor de Antwerpse havenuitbreiding, heb ik voor hem de dokter moeten bellen. En het is niet meer goed gekomen... Verdomme, hé, 'k heb mijn Freddy in de put kunnen steken...'

Weer kucht Maurice. Hij wil wel iets zeggen, maar weet niet meteen wat.

'En dan die burenruzies... Doelenaars die al twintig jaar tevreden naast elkaar wonen, kunnen nu ineens elkaars bloed drinken. En hoe dat komt? Doordat de ene familie het beter vindt te vertrekken, en de andere per se wil blijven. Al meer dan de helft van de Doelenaren is verhuisd. Meer dan de helft! Ze verwijzen meer en meer vreemdelingen naar hier. En dan nu weer dat rare koppel... 't Is hier altijd wel wat...'

Maurice opent zijn mond, maar sluit hem opnieuw. Uit ervaring weet hij dat met Agnes niet te discussiëren valt. Ze vindt dat ze altijd gelijk heeft. Natuurlijk kloppen er wel zaken in haar redenering, maar om je eigen verbittering zo op anderen af te schuiven en gemakkelijke zondebokken te zoeken, vindt hij te ver gaan.

Maurice zegt Agnes gedag en wandelt naar buiten.

Op de dijk verwelkomt de frisse lucht hem. Maurice haalt diep adem en kijkt gretig naar het water. Al meer dan een halve eeuw wandelt hij hier elke dag minstens eenmaal de dijk op om daar naar de Schelde te turen. Soms breekt de zon het water in duizend trillende spiegeltjes. Soms laaien de golven hoog op. Soms is er druk scheepvaartverkeer, soms is er geen schip te zien...

Maurice zucht eens diep en loopt in de richting van *Doel 5*, zijn stamcafé. Het is tijd voor een aperitiefje.

16

06

'Hoi Sofie!'

Het blonde meisje remt. Cola, die naast haar fiets loopt, springt meteen enthousiast blaffend tegen Wim op. De jongen aait hem over de kop.

'Dag Wim. En, wat voor nieuws?'

Wim haalt de schouders op.

'Ze zijn weer volop aan het graven, hé.'

'Tja...'

Even wordt het heel stil. Dan, alsof ze de harde stilte niet aankan, vraagt Sofie: 'Hoe gaat het met je mama?'

'Niet zo goed, eigenlijk. De dokter is gisteravond geweest en die zegt altijd hetzelfde: hoge bloeddruk, hartkloppingen. Ze zou zich dat hier allemaal wat minder moeten aantrekken, zegt hij. Maar ken je mijn mama?'

Sofie knikt. Marina, Wims moeder, werkt in de kerncentrale, vlakbij hun huis. Aan de gevel heeft Marina grote beschilderde borden opgehangen. Daarop staan slogans in enorme letters:

IK GA HIER NIET WEG
OVER MIJN LIJK

en

POLITIEKERS
MAKEN ONS DORP KAPOT

'Je mama is wel moedig', zucht Sofie. Ze herinnert zich een uitspraak van haar: *in Doel wonen is het beste vermagerings-dieet.* Wims moeder is heel erg vermagerd. Van de zorgen, de stress. Zij behoort tot *de blijvers*, de Doelenaars die absoluut niet weg willen.

'Nog drie weken', fluistert Sofie voor zich uit.

'Ja,' beaamt Wim, 'nog drie...'

Maar dan klinkt Sofie weer heel strijdlustig: 'Ik wil hier helemaal niet weg, Wim. 't Is niet omdat mijn ouders een flat gekocht hebben in Antwerpen, dat ik hier graag wegga. Ik wil hier blijven, in Doel!'

Cola blaft.

'Bij jou', fluistert ze zacht.

Wim knikt en bloost.

Sofie en hij, dat zijn twee handen op één buik. Voordat de ellende in Doel begon, waren hun ouders goede vrienden. Vaak zaten ze samen op het trottoir, bij een drankje, te kletsen en te lachen tot diep in de nacht. Maar toen bleek dat Doel misschien zou moeten verdwijnen, wilde Wims moeder absoluut blijven.

'Mij dragen ze uit Doel weg tussen zes planken', zei ze toen. Ze begon strijd te voeren voor het behoud van het dorp en probeerde er voor te zorgen dat alle verenigingen in Doel bleven bestaan. Ze was nu al bezig met de voorbereiding van de Scheldewijdingsfeesten, hoewel die pas half augustus plaatsvonden. Met veel plezier had ze de verantwoordelijkheid op zich genomen voor de kunsttentoonstelling in het Hooghuis, een oud gebouw waarover verteld wordt dat ooit Rubens' eerste vrouw er heeft gelogeerd.

Sofies ouders vonden dat een moedige, maar vergeefse strijd en besloten al snel om niet in Doel te blijven wonen.

'Ik wil hier niet blijven tot iedereen weg is, wij zullen hier niet wegkwijnen', had Sofies vader gezegd. Ze verkochten hun huis en leenden geld voor een flat in Antwerpen.

'Je papa doet daar allemaal nogal luchtig over, zegt mijn mama.'

Wim kijkt Sofie aan.

'Ja, da's waar. Mijn papa zegt altijd: *wonen kun je overal.* Je kunt horen dat hij in de Antwerpse haven werkt, want volgens hem verjaagt die havenuitbreiding dan misschien wel de negenhonderd mensen uit Doel, maar dat nieuwe containerdok zal toch wel heel veel nieuwe banen opleveren. Tienduizend, beweren ze. Het is goed voor de welvaart, zegt mijn papa.'

'Mijn mama is ervan overtuigd dat die verhaaltjes over werkgelegenheid allemaal onzin zijn', reageert Wim fel. 'Volgens haar maken ze dat de mensen wijs. Het laden en lossen van containers verloopt tegenwoordig helemaal via computers. Daar komt bijna geen mens meer aan te pas, zegt mijn mama.'

Sofie haalt de schouders op.

'Dat kan allemaal wel zijn, maar over drie weken verhuizen we. Mijn ouders, bedoel ik, want ik heb al gezegd dat ik niet weg wil.'

Ze zucht.

'Het helpt niet. Naar mij luisteren ze niet.'

Sofie rent de dijk op, Wim loopt haar achterna. Boven op de dijk laat ze zich op een bankje vallen. Ze staart over de Schelde. De *Pegasus Diamond*, een heel groot schip, glijdt statig voorbij over het glinsterende water.

Wim kijkt naar het dorp en fluistert: 'Toch echt wel een dorp om er een videoclip op te nemen...'

Sofie knikt.

Ze is een groot fan van Clouseau; ze heeft al hun cd's gedownload. Toen Clouseau hier een videoclip opnam, was het weer even feest in het dorp.

'Mijn vader beweert dat er misschien van Doel niet meer dan een heel klein hoekje overblijft', zegt Sofie. 'En dat het dan zoiets wordt als Lillo: vijftig mensen, géén winkels, géén kinderen, gewoon een handjevol huizen te midden van de industrie.'

Wim gaat naast Sofie op het bankje zitten en tuurt naar het piepkleine dorpje aan de overkant. Hij neemt Sofies hand vast en zegt: 'Het komt wel goed, het komt vast wel goed...'

Sofie schudt het hoofd en springt weer op.

'Nee, Wim, het komt niet goed! Nooit meer! Over drie weken zijn we hier weg! Ons huis is nu al één grote kartonnen doos. En Cola mag niet mee!'

Sofie krijgt tranen in haar ogen.

'Is er echt niets meer aan te doen?' vraagt Wim. Tegelijkertijd beseft hij hoe onnozel zijn vraag is. Sofies ouders verhuizen naar Antwerpen, alles is natuurlijk allang in kannen en kruiken.

'Wat zou er aan te doen zijn?' mompelt Sofie. 'Grote mensen hebben het toch altijd voor het zeggen. Die Antwerpenaren, die rotzakken, beslissen zomaar dat Doel weg moet, daar hebben de Doelenaars geen inspraak in. En mijn ouders, die beslissen dat ze weggaan uit Doel, en ik kan alleen maar knikken. Grote mensen, het is altijd wat. Ik zou ze soms willen... afschaffen!' roept ze.

Cola gromt. Wim knikt.

'Ik heb al eens gedacht om op school zeer slechte punten te halen. Dan moet ik misschien een jaar overdoen', zucht Sofie.

Wim kijkt op.

'Dat snap ik niet.'

Sofie gaat weer zitten: 'Wel ja, als ik een jaar moet overdoen, zullen ze me dat toch hier laten doen?'

'Denk je?'

Het meisje haalt onverschillig de schouders op.

'Eigenlijk niet,' zucht ze, 'mijn cijfers zijn al een heel jaar veel te goed om nog te blijven zitten...'

'En als ik nu zeg dat ik in de Schelde spring als we naar Antwerpen verhuizen?'

'In de Schelde springen?!' roept Wim verschrikt.

'Ja...'

'Maar Sofie! Dat kun je toch niet doen?!'

'Misschien niet, maar ik heb al alles gedaan: gevraagd, gesmeekt, gezeurd, gehuild, de deuren dichtgegooid, ik ben al ontzettend koppig geweest, ik heb zelfs al eens een heel weekend gezwegen! Niets helpt.'

'Maar om nu te gaan zeggen dat je je gaat verdrinken... Je mag dat niet doen, je mag het lot niet tarten. Frans heeft dat ook gezegd, weet je nog?'

Sofie herinnert het zich alsof het gisteren was. Frans had altijd gezegd dat hij in de Schelde zou springen als Doel moest verdwijnen. De dag nadat hij had gehoord dat men zijn dorp toch van de kaart zou schrappen, had hij zich in zijn duiventil verhangen.

'Je zult iets anders moeten bedenken, Sofie. Jij...'

Het meisje springt weer op.

'Jij, jij, jij!' roept ze. 'Waarom moet ík iets anders bedenken?! Jíj mag dat ook weleens doen, hoor! Of wil je misschien liever dat ik vertrek?'

'Nee! Natuurlijk niet! Maar jóúw ouders willen verhuizen, niet de mijne!'

'En daarom help je mij niet, dus!'

Wim zucht diep.

'Da's flauw, Sofie. Je weet dat ik dat heel erg vind. Maar wanneer je ouders weggaan, dan kan je echt niets anders doen dan meegaan.'

Sofie fronst haar wenkbrauwen en fluistert voor zich uit: 'En toch geef ik het niet op. Ik ben hier nog niet weg. Ik vind er wel wat op...'

07

In Eriks straat hoort Wim een koekoek roepen. Drie-, vier-, vijfmaal.

Ik wist niet dat hier een koekoek woonde, denkt Wim. Vreemd dat mij dit nooit opgevallen is.

'Wimpie!' roept Erik van ver. 'Ik heb groot nieuws!'

Wim rent het laatste eind.

'Mag je hier blijven wonen?' vraagt Wim buiten adem wanneer hij bij Eriks voordeur arriveert.

Erik schudt het hoofd.

'Zulk verschrikkelijk goed nieuws is het ook weer niet', zucht hij. 'En elektriciteit hebben we hier ook nog niet.'

Wim friemelt wat onhandig aan zijn broekspijpen en vraagt dan: 'Wat was dan het goede nieuws, Erik?'

Op dat moment klinkt het geluid van de koekoek.

'Hoor!' zegt Wim onnodig.

'Kom mee!' gebiedt Erik, terwijl hij zelf al een sprintje in de richting van de achtertuin ingezet heeft. 'Kom, Wimpie, nu!'

Wim begrijpt het niet, maar ook hij spurt naar de achtertuin.

Hij komt nog net op tijd om te zien waar het koekoeksgeluid vandaan komt.

'Wat is dat?'

'Mijn koekoek!' lacht Erik.

'Een koekoeksklok', zegt Wim voor zich uit, terwijl hij het grote vogelhuis bekijkt. 'Maar dan vast een voor een reuzen-koekoek.'

23

Erik schiet in de lach.

'Schitterend, hé, maat! Ik heb die klok ooit gekregen van een vriendin...'

'Van Petra?'

'Eh... nee, van Sally, maar dat doet er niet toe. Ik wilde de klok repareren, maar niet zomaar in de oorspronkelijke staat herstellen.'

Wim blijft Erik onbegrijpend aanstaren.

'Ik wilde... méér! Of beter: ik wilde het anders. Ik wilde meer volume, bijvoorbeeld.'

Wim knikt: 'Dat heb ik al gemerkt. Tot halverwege de straat is dat ding hoorbaar. Ik dacht echt dat er een koekoek woonde...'

'Maar dat is nog niet alles', onderbreekt Erik hem. 'Zeg eens, Wimpie, wat doen gewone koekoeksklokken?'

Wim schudt het hoofd. Wat een vraag.

'Ze maken geluid...'

'Juist, juist! En wanneer?' roept Erik enthousiast.

'Eh... elk halfuur, en elk uur geeft dat ding de tijd aan.'

'Juist. Héél juist. En wat is het gevolg? Dat mensen tellen. Als de koekoek driemaal heeft ge... eh... koekoekt, dan weten ze dat het drie uur is.'

'Logisch, daar dient zo'n ding toch voor', zegt Wim.

'Wimpie, mijn koekoek zorgt ervoor dat mensen niet geprogrammeerd worden door de klok. Ik ben erin geslaagd deze koekoek op willekeurige momenten te laten roepen. Het kan dus zijn dat hij om drie over vier zesmaal roept. En tien minuten later een keer of tien. En weer zes minuten later twaalfmaal. Maar dan zou het ook kunnen dat hij drie uur lang niets doet, om dan met twee minuten tijdverschil tweemaal zeven keer te roepen. Gaaf, hé?!'

Wim is verbaasd over Eriks enthousiasme. Zelf haalt hij zijn schouders op en zucht: 'Een koekoeksklok die niet de juiste tijd aangeeft, zoiets is toch volstrekt zinloos?'

'Natuurlijk niet! Wimpie, toch. De mensen zijn robots geworden: als de koekoek zevenmaal roept, is het tijd om op te staan. Als hij twaalfmaal roept, is er lunchpauze en als hij 's avonds elfmaal roept, moeten ze gaan slapen. Mijn koekoek is zo afgesteld dat hij onregelmatig roept, zodat de mensen even kunnen nadenken over wat ze op dat moment aan het doen zijn, of ze echt wel honger of slaap hebben. Dat is toch geweldig?!'

'Tjonge, jij bent me er eentje!' lacht Wim.

Op dat moment roept Eriks koekoek tweemaal.

Het is zes over vijf...

08

De late zon schijnt over Doel. Wim loopt op de dijk. Hij zwaait naar een schipper die voorbij tuft, naar zijn moeder die met een stapeltje papieren in de hand door de straten van het dorp fietst.

Een hels gebrul, enkele knallen en opnieuw een oorverdovend geloei doen Wim opkijken.

Daar tuft Erik in zijn roze 2-pk voorbij. Hij zwaait naar Wim, die het gebaar meteen begrijpt: meekomen.

Spannend, dat is het woord, vindt Wim, wanneer hij bij Erik in de buurt is.

Even later staat hij in Eriks garage.

'Tof karretje!' roept hij. 'Ik werd er daarnet bijna doof van, wat een lawaai maakt dat ding!'

Erik kijkt zorgelijk naar zijn wagentje.

'Hm... Dát geluid heeft mijn eend nog nooit gemaakt... Een vreemd gekwaak, vind ik. Ik zal er morgen eens grondig werk van maken.'

En in één adem voegt hij eraan toe: 'Nu heb ik zin in melk. Ga je mee melk halen?'

'Waar ga je die nu nog halen in Doel? De winkel is al een uur of twee gesloten.'

Erik glimlacht raadselachtig.

'Ga je mee, of blijf je hier terwijl ik melk ga halen?'

Natuurlijk gaat Wim mee. Hij is razend benieuwd. Waar zal Erik hem nu weer naartoe brengen?

26

'Heb je gevraagd of dit mag?' vraagt Wim bezorgd.
Erik kijkt hem onbegrijpend aan. 'Gevráágd?'
'Ja...'
'Tuurlijk niet! Wimpie, jongen, de natuur is toch van iederéén! Of niet, soms?'
Wim knikt.
'Dus gaan wij de wei in', zegt Erik woordspelig.
'En als boer De Gendt komt?' vraagt Wim, terwijl hij om zich heen kijkt.
Erik haalt zijn schouders op.
'Foert!' zegt hij. 'De Gendt zit waarschijnlijk aan een biertje in *Doel 5*. En hij heeft groot gelijk! Zijn boog moet niet altijd op spannen staan!'
Erik lacht: 'Wimpie, maat, maak je toch eens geen zorgen, dat kleine beetje melk kan De Gendt best missen; hij zal het niet eens merken. En die koe zal het hem niet gaan vertellen, haha!'
Zelfverzekerd stapt Erik de weide in. Toch wel zenuwachtig loopt Wim achter hem aan. De koeien wijken wanneer ze de twee op hen af zien komen.
'Komkomkom', roept Erik de koeien.
'Het zijn geen duiven', probeert Wim vrolijk te klinken.
Even later probeert Erik krampachtig een koe te melken. Dat lukt eerst helemaal niet, maar na verloop van tijd komt er toch wit vocht uit de uiers.

'Melk!' roept Erik. 'Yes! Melk!'

'Wat dacht je? Ice Tea? Of bier?' grinnikt Wim.

De koe zet een stap achteruit en Erik stoot verschrikt de emmer om.

'Shit! Eindelijk had ik twee druppels, en nu liggen die nog in het gras ook!'

Wim lacht, maar spiedt intussen onrustig in het rond.

'Erik, zou je niet stoppen, straks...'

'... stoppen?! Natuurlijk niet! Ik heb nu de slag te pakken. Even geduld en ik heb hier een half emmertje verse melk!'

Goed melken valt niet mee. Straaltje voor straaltje wordt de bodem van de emmer bedekt met melk. Het duurt een hele poos voordat Erik erin slaagt om de hoeveelheid van enkele glazen bijeen te melken. Het maakt Wim ongedurig.

'Kom, Erik, da's toch genoeg melk...'

'Nee, maat, ik ben nu pas echt goed op dreef. Ik heb echt ambitie. Kijk, kijk, hoeveel melk eruit komt!' roept Erik geestdriftig.

'Kun je niet wat stiller roepen?' fluistert Wim.

'Stiller roepen?! Hoe doe je dat? En waarom, trouwens? We zitten hier in een wei midden in de polders van Doel. Kijk eens om je heen: wat een schitterend landschap! Wat een ruimte! Wat een zee van groen! Héél anders dan het grauw van Grijzegem, het domme dorp waar ik vandaan kom.'

Wim kijkt rond. Natuurlijk heeft Erik gelijk. Het is een prachtig landschap, maar wie heeft daar nog oog voor? Wanneer hij zich omdraait, ziet hij de oprukkende haven van Antwerpen: kranen, lelijke containers, hoogspanningsmasten...

'Zo, Wim, wil je een slokje?'

Met de mouw van zijn trui veegt Erik zijn melksnor weg.

'Nee, dank je. Kom, we gaan', zegt Wim die allang tevreden is dat het melken achter de rug is.

'Zou ik niet nog een koe...?' jent Erik.

'Nee!' roept Wim terwijl hij naar de prikkeldraad loopt. 'Je kunt nu de pot op! En die koe ook!'

Erik glimlacht: 'Die koe ook? Tjonge, dan zal het wel een héle grote pot moeten zijn!'

10

Wim: Sofie…

Sofie: Ja, Wim.

Wim: Ik eh…

Sofie: Ja…

Wim: Ik heb vannacht gedroomd.

Sofie: Dat is niet abnormaal, toch?

Wim: Nee… Maar het was een eigenaardige droom.

Sofie: Hm… Wil je hem vertellen?

Wim Ja… Ja, natuurlijk.
 Ik zat hier op de dijk, op ons bankje.

Sofie: Was ik erbij?

Wim: Wacht even, niet zo ongeduldig.
 Nee, jij zat niet op het bankje.
 Ik zat hier alleen.

Sofie: O…

Wim: Ik zat naar de schepen te kijken, naar de *Pegasus Diamond* die weer voorbijvoer. En naar Louis Lockefeer met zijn bootje…

Sofie: Hm…

Wim: En toen zag ik een zeehondje zwemmen.

Sofie: Een zeehondje! Wat schattig!

Wim: En ik dacht nog: een zeehondje, dat wil zeggen dat het water zuiver is, dat er weer leven in de stroom zit…

Sofie: Ja, zoals vroeger…

Wim: Toen zwom dat kleine zeehondje in de richting van de dijk. En ik stond op, ik wandelde naar het water...

Sofie: ... ja, en toen?

Wim: Het zeehondje keek me aan en...
Het was heel vreemd...

Sofie: Wat was er zo vreemd?

Wim: Die ogen... Het zeehondje had blauwe ogen, en het gezicht... Het leek wel dat van een meisje...

Sofie: ... van een meisje?!

Wim: Ja, Sofie, dat zeehondje leek op jou.

Sofie: Op mij?!

Wim: Ja, op jou...

Sofie: O...

Wim: Hm...

Sofie: En wat gebeurde er verder met dat zeehondje?

Wim: 'k Weet het niet.

Sofie: Hoezo, 'k weet het niet?

Wim: Nee, ik ben toen wakker geworden...

11

In Eriks woonkamer is het een zootje. Dozen en blikken en lege bierflesjes liggen kriskras verspreid.

'We hebben nog niet opgeruimd', lacht Erik, alsof hij Wims gedachten kan lezen. 'Het is er nog niet van gekomen.'

'Je laat me schrikken', zegt Wim die Erik niet heeft zien binnenkomen.

'Dan heb je vast een slecht geweten.'

'Ik denk het niet', lacht Wim.

'Géén geweten, dan?'

'Zeg!'

Erik kamt zijn lange haren en bindt er een elastiekje om.

'Eerst nog even ontbijten, Wimpie. Kan ik jou een plezier doen met een hardgekookt eitje? Absoluut vers! Een tip van de kip!'

Wim schudt het hoofd.

'Heb je ook die eieren van De Gendt ge...'

Erik lacht: 'Natuurlijk niet, maat. Niet van de boer, maar wél van zijn kippen! Haha!'

'Dus jij pikt eieren van...'

Erik kijkt Wim ernstig aan en zegt dan: 'Wimpie, die kip heeft dat ei niet voor niets gelegd. Anders zou het pas een kieken zijn!'

Wim lacht. Erik heeft voor alles een uitleg klaar.

'Zeg Wimpie, heb ik je al verteld dat ik een computer heb? Nee toch? Ik heb 'm pas van gisteren.'

'Mag ik 'm zien?'

'Tuurlijk, kom maar mee.'

De pc staat in de keuken. Ook daar is het een troep. Wim kijkt zijn ogen uit. Bij hem thuis is het altijd super netjes. Wat een verschil! De computer blijkt een heel oud model.

Alsof Erik Wims gedachten weer kan raden, zegt hij: 'Zeven jaar oud, maar nog best oké.'

Erik zucht: 'Ik heb nu wel een computer, maar wacht nog steeds op elektriciteit. In plaats van ons op het net aan te sluiten, zijn ze volop bezig een middel te vinden om ons eruit te gooien.'

Wim knikt.

'Dat is misschien wel logisch...' fluistert hij. 'Jullie zijn hier toch zomaar...'

Erik reageert fel: 'We hebben maandenlang geprobeerd om via de gewone weg een huis in Doel te huren. Hoeveel huizen staan hier leeg? Dertig? Vijftig? Honderd? Heel veel, dat is zeker! Al deze leegstaande huizen zijn van de staat of van een of andere maatschappij of zo. En die probeert nu iedereen hier weg te houden! Toch móét men die huizen verhuren, dat zegt de wet, dat weet ik zeker! Héél zeker! En weet je waarom ze dat niet willen doen?'

Wim knikt: 'Ja, hoe meer huizen hier leeg staan, hoe meer verkrotting, en dus hoe meer mensen zullen vinden dat Doel niet meer aangenaam is om te leven. En als die dan ook nog vertrekken...'

'... juist, dan doeken ze hier het hele zaakje op, en wordt de plaats van dit schitterende dorp één grote put! Een dok. Dan maakt men Doel compleet met de grond gelijk, en wordt de plaats waar wij nu wonen, Wim, een vloeibaar deel van de Antwerpse haven!!'

Erik zucht, laat zich in een van de oude fauteuils zakken en grabbelt een verfomfaaid grijs boekje vast.
'Zal ik je eens iets voorlezen?' vraagt hij.
'Voorlezen? Zeg, ik ben geen kleuter meer! Ik kan zelf lezen!' reageert Wim snel.
Maar Erik lijkt het niet te horen. Hij bladert in het dunne, grijze, boekje en leest voor:

'*Dorp aan de rivier*
met duizend wortels
in de grond geplant

buurtschap van de tijd
in evenveel seizoenen
door de wind gezaaid

plek van huizen en
van heggen
van woorden en
van stilte voor de storm.

Dorp aan de rivier
onderkomen
aanlegsteiger
langzaam leven
in de bedding van een droom.

Dorp als een bang dier
strijdgebied, verdedigd
vergeefs en godgeklaagd,
luchthappend
in de wurggreep van het zand.'

Het wordt stil in de kamer.

'Knap, hé maat!' zegt Erik. 'Weet je hoe dit gedicht heet?'

Wim schudt het hoofd: 'Ik denk dat het gaat over...'

'... Doel', zegt Erik. 'Het heet ook gewoon *Doel* en werd geschreven door Christina Guirlande.'

'Wat een rare naam. Ken jij die dichteres?' vraagt Wim.

Erik schudt het hoofd: 'Nee, en het interesseert mij niet wie ze is. Wat mij wél interesseert is, wat deze madam geschreven heeft. Kijk hier, weet je wat ik zo treffend vind: *Dorp als een bang dier.* Snap je dat, Wim? Snap je dat? Ik herken dat. De mensen in Doel zijn bang, zo verschrikkelijk bang dat ze op de vlucht slaan, zoals angstige dieren die aangevallen worden. En wat ik ook goed vind in dit gedicht, dat is het slot: *de wurggreep van het zand.* Dreigend, toch?'

Erik kijkt Wim ernstig aan. Wim knikt.

'Mag ik dat boekje eens zien?'

Erik overhandigt hem het stukgelezen boekje. *Van de Kaart* staat erop.

'Allemaal gedichten over Doel', zegt hij.

'*Van de Kaart*', murmelt Wim. Hij begrijpt meteen de dubbele betekenis van de uitdrukking. Zijn gedachten dwalen af naar Sofie.

'Je denkt zeker aan je vriendinnetje?' vraagt Erik stil, alsof hij kan gedachtelezen.

Wim knikt.

'Ik snap het', zucht Erik. 'Ik snap het...'

12

's Ochtends wuift een rookpluim uit de koeltoren van de kerncentrale het dorp vriendelijk gedag. Toen midden in de jaren 1970 die elektriciteitscentrale er kwam, betoogden de mensen uit de buurt fel. Niemand wilde een kerncentrale aan de rand van Doel. Veel te gevaarlijk! En toen uit de koeltorens de eerste rookpluimen opstegen, dacht bijna het hele dorp dat die rook radioactief en dus levensgevaarlijk was, terwijl het alleen maar waterdamp is. Nu staat de kerncentrale er nog, maar niemand in het dorp heeft er nog last van. Integendeel. Wanneer het lagere schooltje in de Hooghuisstraat iets nodig heeft, computers bijvoorbeeld, hoeft de directeur alleen maar bij de centrale aan te kloppen. De kerncentrale heeft zelfs een eigen fietsroute waarvoor je bij hen gratis fietsen kunt gebruiken. Niemand vindt het nog erg dat die kerncentrale er staat.

'Mama, waarom loopt er een koe op straat?' vraagt een jongetje wanneer zijn moeder om zeven uur de gordijnen opentrekt.
'Jongen, koeien lopen niet op de straat, koeien staan in de wei!' zegt ze zonder op te kijken.
'Mama, er staan twee koeien voor de voordeur', zegt het jongetje.
'Ja ja, dat zal wel. Waarom geen drie?' roept ze vanuit de keuken.

'Nee, twee', antwoordt de jongen.
'Ga maar al naar de badkamer, ik kom dadelijk.'
'Mama, je hebt gelijk. Het zijn er drie!' roept het jongetje.
Wanneer zijn moeder de woonkamer in wandelt, dreunt er een koe langs het grote raam aan de straatkant van het huis. 'O nee! Het is niet waar! Zeg dat het niet waar is?!' gilt een vrouwenstem.
'Maar mama, ik had het je toch gezegd', fluistert het jongetje.

Die ochtend loopt in Doel een onoverzichtelijke hoeveelheid koeien. Ze denderen over de straten, op de trottoirs, op de opritten van de Doelenaars. Ze likken aan voordeuren en vensters, loeien voortdurend en laten met overtuiging hun vlaaien in voortuintjes vallen. Wie slaapt, wordt onherroepelijk gewekt, wie al ontwaakte, is meteen klaarwakker. Het is een vreemd beeld, zoveel koeien in het dorp. Moeders durven hun kinderen niet naar school te brengen uit vrees door zo'n koe omvergelopen te worden. Vaders vertellen stoer dat ze jammer genoeg snel naar hun werk moeten, want dat ze anders die koeien wel weer naar de weide zouden leiden. Sommige kinderen sluiten hun ogen wanneer er zo'n koebeest voor het raam langsloopt. Anderen vinden het hartstikke leuk, super spannend, mega, dus.

Wanneer de koeien ook Wims huis passeren, wordt zijn hoofd helemaal rood en parelen algauw zweetdruppeltjes onder zijn neus.
'Voel je je wel goed, jongen?' vraagt zijn moeder.
'Ja ja,' fluistert Wim, 'ja ja...'
'Je bent toch niet bang van die beesten?'
'Nee nee,' fluistert Wim, 'nee nee...'

13

Op de speelplaats is het niet druk. Dat kan ook moeilijk als je op de hele school met slechts veertig kinderen bent. Natuurlijk vormen de koeien hét gespreksonderwerp. Sommige kinderen waren te laat op school doordat zij of hun mama niet naar buiten durfden met die koebeesten in hun straat. De vraag die iedereen bezighoudt, is natuurlijk hoe die dieren zomaar van de weide van boer De Gendt zijn af geraakt.

Wim zwijgt; hij heeft zich al de hele tijd afgevraagd of hij misschien als laatste van de weide is gekomen. Hij hoopt dat Erik de fout heeft gemaakt, zodat hij zich niet schuldig hoeft te voelen.

Iedereen heeft zijn mening over de koeien, behalve Rani. Zij gaat door met wat ze al wekenlang bezig is: ruzie stoken.

'Is het echt waar, Sofie, dat jullie over een paar weken definitief verhuizen?'

Sofie knikt.

Rani knippert tevreden met haar opvallend blauw geverfde ogen.

Die Rani weet dat drommels goed, denkt Sofie. Waarom begint ze daar wéér over?

'Je gaat na de basisschool niet alleen ergens anders naar school, je laat ons ook nog in de steek, dus... Dat is toch wel jammer,' pruilt Rani gemaakt, 'net aan het begin van de vakantie.'

Rani kijkt haar klasgenootjes aan en zegt: 'Dat is toch wel héél jammer want juist dan geef ik een verjaardagsfeestje. En alle meisjes en jongens uit Doel zijn uitgenodigd.' Het snijdt door Sofies hart. Ze is nog niet eens weg uit Doel en ze hoort er al niet meer bij. Ze is nu al een vreemde. 'Ja, want mijn mama zei: *je kunt niet iederéén vragen.* Dus vraag ik degenen die vertrekken níét!'

'Wim, jij komt toch wél naar mijn feestje, hé?'

Wim kijkt naar Sofie, die haar hoofd omdraait en weg loopt.

'Eh, ik eh, ik weet het nog niet, Rani. Ik eh, ik zal het eens vragen.'

'Aan Sofie, zeker?!' giert Rani.

Wim voelt hoe hij een kleur krijgt. Natuurlijk wil hij graag naar Rani's feestje gaan, maar hij weet nu al dat hij Sofie vreselijk zal missen wanneer ze in Antwerpen woont en daar naar de middelbare school zal gaan. Als hij nu toezegt om naar Rani's feestje te gaan, voelt Sofie zich gekwetst, dat weet hij zeker.

Mensen maken het elkaar altijd zo moeilijk.

Dat heeft hij zijn moeder al vaak horen zeggen. Nu weet hij dat ze gelijk heeft.

14

'Heb jij gisteren dat hek gesloten, Wimpie?'
De jongen staart voor zich uit. Hij heeft er een hele dag over gezwegen, terwijl hij zin had om zijn ouders te vertellen hoe het kwam dat die koeien van boer De Gendt in de straten van het dorp rondliepen.
'Ik denk het niet, Erik.'
'Hm...'
'Volgens mij ben jij het laatst van de wei gekomen. Met je emmertje.'
Erik staart voor zich uit. Het wordt heel stil in de tuin. In de verte loeit een koe.
'Ik denk het ook, maar, maar ja, wie let er nu op zo'n stom hek?'
Wim haalt zijn schouders op.
'Ik niet.'
'En trouwens,' zucht Erik, 'wat doet het ertoe. Wat gebeurd is, is gebeurd. Daar valt nu niks meer aan te veranderen. Dat zijn oude... koeien!'
Erik schiet hardop in de lach en geeft Wim een klapje op de schouder. Wim kijkt zijn oudere vriend aan.
'Heel het dorp is geen klein beetje geschrokken!' giert Erik.
'Logisch, als er ineens zo'n beest op je oprit staat', schatert Wim.
'Heb je die koeienvlaaien in het dorp zien liggen? Eindelijk weer het echte polderleven in Doel! Dat ruikt heel wat beter

dan het zweet van Lode, hé! Ja, man, het heeft eventjes geduurd voor ik snapte waarom ze hem Lode Cologne noemen...'

Wanneer ze uitgelachen zijn, knijpt Erik zijn ogen tot spleetjes.

'Weet je Wim, ze hadden het al héél snel op mij gemunt, hoor. Vanmiddag heb ik bezoek gehad. Politie. Twee agenten hadden een paar uurtjes in Doel rondgelopen, op zoek naar de dader. En overal in het dorp was mijn naam gevallen, zeiden ze. Gelukkig had niemand echt iets gezien.'

Wim schrikt ervan. Politie. Het had hem allemaal vervelend, maar onschuldig geleken. Toch nam de politie het voorval blijkbaar ernstig.

'Waarschijnlijk zou er nooit politie aan te pas gekomen zijn, als ik hier niet zou wonen.'

'Waarom, heb je wat op je kerfstok, dan?' vraagt Wim wantrouwig.

Met een ruk draait Erik zijn hoofd naar Wim, knijpt zijn ogen tot spleetjes en fluistert ernstig: 'Zeg, maat! Wat een vertrouwen! Wie denk je wel dat ik ben?'

Wim fluistert iets.

'Wat zeg je, Wim?'

'Sorry', zegt Wim schor. Hij kucht, alsof hij daardoor die rode kleur van zijn hoofd af krijgt.

15

De zon glanst de autoruit blind wanneer Erik en Petra vrolijk komen aangetuft in hun lawaaierige 2-pk'tje.
Ineens springt een man de weg op, vlak voor het autootje.
Erik gaat op de rem staan en brengt enkele centimeters voor de man zijn auto tot stilstand.
'Hé!' roept Erik. 'Uitkijken, maat! Ik kon je bijna van mijn voorruit afkrabben!'
De man kijkt onheilspellend. Erik kent zijn naam niet, maar hij heeft hem eerder gezien. De man zou graag zien dat alle dorpelingen zo snel mogelijk gingen verhuizen, nu het dorp onleefbaar dreigt te worden door al die industrie in de omgeving. En natuurlijk zijn mensen als Petra en Erik, die het dorp weer leven willen inblazen, hem een doorn in het oog.
De man balt zijn vuisten en stapt op de roze eend af.
'Jullie mogen hier niet wonen!' briest hij. 'Jullie zijn hier illegaal. Dat huis is niet van jullie. Ik zal ervoor zorgen dat de politie je uit Doel weghaalt.'
Waar ze vandaan komt, is Erik niet meteen duidelijk, maar alsof ze uit de grond komt gekropen, is opeens ook Agnes daar.
'Dat klopt, dat klopt!' tiert ze. 'Jullie moeten hier weg! Nu!'
'Zwijgen, Erik', fluistert Petra. 'Gewoon zwijgen.'
'Ik zorg ervoor dat je in de bak belandt, schorem!'
Petra geeft haar vriend een tikje tegen zijn bovenbeen.

'En nu, ventje, ga jij ervoor zorgen dat het ellendige lawaai in die tuin van je, ogenblikkelijk ophoudt!' dreigt de man.

'Lawaai?' vraagt Erik schor.

'Lawaai, ja!'roept Agnes.

Achter het raam tikt een vrouw tegen haar voorhoofd.

'Gek word je van die godverdomde koekoeksklok, ja!' brult de man. 'Mijn vrouw wordt er horendol van! Helemaal tureluurs. En dat laat ik niet gebeuren! Als je dat lawaai niet weghaalt, bel ik dadelijk de politie!'

Erik knikt en zegt doodkalm: 'Meneer, ik vrees dat dit echt niet zal helpen.'

De man kijkt Erik verbaasd aan. Zo vriendelijk had hij die kraker niet verwacht. Erik wijst naar de vrouw achter het raam. Ze staat nog steeds met haar wijsvinger tegen haar voorhoofd te tikken.

'Als je vrouw zelf gebaart dat ze gek is, is de kans klein dat dit komt door de drie dagen dat mijn koekoeksklok hier honderd meter vandaan lawaai maakt. Als je vrouw iets mankeert, lijkt me de kans veel groter dat het komt doordat ze al zolang met jou samen leeft. Goede middag!'

De man is helemaal verbouwereerd. Agnes kijkt de man aan, opent haar mond om iets te zeggen, maar Erik geeft gas en is het volgende moment al uit het gezichtsveld verdwenen.

16

Erik klapt de brievenbus dicht, zucht: 'Shit, weer niks' en wandelt in gedachten verzonken de oprit weer op.

Alsof dat zo is afgesproken, komt op dat moment Wim aangefietst.

'Dag Erik!'

'Ah, Wimpie', zegt Erik mat.

'Scheelt er wat?'

'Hm... Al twee weken beloven ze ons stroom, maar er zit weer geen brief van de elektriciteitsmaatschappij in de bus.'

Erik kijkt mistroostig naar de koeltorens van de kerncentrale en zucht: 'Zo dicht bij de elektriciteitscentrale wonen, en maar niet aan stroom kunnen komen. Dat is toch absurd?'

'Hebben ze je adres wel?' vraagt Wim. 'Want eigenlijk wóón je hier niet, dus kunnen ze jou toch geen brief sturen?'

'Wees maar gerust! We hebben hier wél al post ontvangen: een brief waarin stond dat we moesten opkrassen. Toen kenden ze ons adres héél goed, verdomme!'

Erik zucht: 'Nu is dat nog geen groot probleem, het is bijna zomer. Maar wanneer die voorbij is, zou het weleens héél koud kunnen worden in ons huis.'

'In *ons* huis?' glimlacht Wim.

'Jazeker, Petra en ik wonen hier toch? En wij willen zelfs huur betalen, alleen weten we niet hoeveel en aan wie.'

Wim knikt. Tegen Eriks logica valt weinig in te brengen. Hij heeft overal over nagedacht, lijkt het wel. Hij heeft voor bijna alles een oplossing klaar. Maar nu zijn de zorgen van zijn gezicht af te lezen.

'Zeg maat, laten we het eens over iets anders hebben. Over je vriendinnetje, bijvoorbeeld.'

Wim voelt hoe deze onverwachte wending in het gesprek zijn hoofd helemaal rood kleurt.

'Dat mooie ding van je... Je hebt geen slechte smaak, moet ik zeggen.'

Wim weet zich geen houding te geven.

'Als je nog eens langskomt, mag je haar gerust meebrengen, hoor', lacht Erik.

Wim schudt het rode hoofd: 'Bedankt, maar dat zal niet lukken.'

Erik fronst zijn wenkbrauwen: 'En waarom niet? Durft ze niet?'

'Ze mag niet...'

'Van jou?!'

'Nee!' zegt Wim fel. 'Natuurlijk mag ze van mij. Ik zou dat zelfs gaaf vinden, maar haar ouders denken...'

'Hé Wimpie, het gaat toch niet meer over die boer die ik toen gelaten heb?'

Wim haalt zijn schouders op en zegt: 'Die mensen denken dat...'

'... dat ik een schurk ben, een dief, een inbreker, een verkrachter, een...'

Eriks ogen zijn spleetjes geworden. Hij is duidelijk opgewonden, maar Wim stelt hem gerust.

'Je hoeft dat niet persoonlijk op te vatten, Erik. De ouders van Sofie zijn gewoon zo. Bang van alles wat ze niet kennen. Die zijn ook zo... zo...'

'Conservatief?'

Wim haalt zijn schouders op.

'Ik bedoel', zegt Erik, 'dat die mensen alles bij het oude willen laten, dat al wat buiten hun dagelijkse wereldje valt, hen bang maakt, of onrustig...'

'Zoiets ja', mompelt Wim. 'Ze gaan ook weg uit Doel...'

'Ik weet het... Steeds meer volk vertrekt uit angst voor de toekomst. Godverdegodver, de dommekloten!'

Wim knikt.

'Dan ben jij je vriendinnetje kwijt, dus...'

Weer knikt Wim.

'Shit, shit, shit! Wat hebben die mensen hier toch?! Als alle Doelenaars hier zouden blijven, dan zou de overheid wel moeten beslissen om Doel te laten bestaan. Zeker weten. Maar het wordt het de bevolking zo verschrikkelijk moeilijk gemaakt, dat... dat... En dan krijg je het systeem waarvoor een spreekwoord bestaat, hé: als er één schaap over de dam is...'

'... volgen er meer', vult Wim aan.

De koekoek roept. Zevenmaal. Dan wordt het weer stil in Doel. Te stil.

Eriks darmen rommelen.

'Fase twee van het krampenplan', lacht hij. 'Ik ga eerst even een holbewoner uitlaten. Ben zo terug!'

En Erik haast zich naar de wc. Pas een hele poos later schiet Wim in de lach.

'Een holbewoner uitlaten, tjonge, waar haalt hij het...'

Wanneer Erik terugkomt, staat zijn gezicht nog steeds ernstig.

'Wimpie, weet je wat ik misschien nog het ergste vind?'

Wim schudt het hoofd.

'Die tweedracht, die ruzies. Dat mensen willen vertrekken,

46

tot daar aan toe. Maar dat ze per se anderen willen meetrekken uit het dorp, dat kan toch niet? En erger nog: dat die de blijvers lomperiken vinden, schijtbroeken, angsthazen… En omgekeerd werkt het natuurlijk ook zo. Godverdomme, in plaats van ééngezind te blijven.'

Erik fluistert nu: 'Wim, zeg maar tegen Sofie dat, als ik iets voor haar kan doen, ze het maar hoeft te vragen…'

Erik speelt wat met de pen die op de tafel ligt en zegt dan ernstig: 'Weet je, Wim, weet je wat er zou moeten gebeuren om van al die mensen weer één hecht dorp te maken? Weet je wat?'

Wim zegt niets. Hij kijkt gespannen in de flikkerende blik van Erik.

'Toen ik jouw leeftijd had, is een klasgenootje van mij, een gast met een schatrijke vader, ontvoerd. Ik herinner me nog heel goed dat iedereen probeerde te helpen, dat er een bijzondere eensgezindheid in ons dorp kwam. En ik zie het nog zo voor me hoe gelukkig iedereen was toen de jongen weer terecht was.'

Erik fluistert nu: 'Weet je wat van Doel weer een geheel zou maken? Een drama. Een menselijk drama. Een ontvoering of zo. Ja, een ontvoering, dát zou helpen. Dán zou het dorp weer een eensgezindheid vertonen. Net als vroeger…'

17

Maurice leidt weer een groep kinderen rond in Doel. Joelend zijn ze uit de bus gestapt. De juffen konden hen maar moeilijk stil krijgen. Maar toen Maurice begon te vertellen, werden ze stil. Heel stil.

'Moet dat hier echt allemaal weg?' vraagt een levendig meisje met palmboompjes op haar hoofd.

Maurice legt haar uit dat er nu een containerdok gegraven wordt. En dat men daarna gaat bekijken of er nog een nieuw dok nodig is. En als dat het geval zou zijn, Doel compleet met de grond gelijk gemaakt zou worden.

Het meisje roept: 'Maar dat mag toch niet?! Dat kan toch niet!?'

Maurice zucht en steekt nerveus een nieuwe sigaret op.

'Niet kunnen, dat is het enige wat niet kan in dit land', zucht hij. 'Een paar kilometer verderop ligt een dok dat ooit gegraven werd, verschrikkelijk veel geld gekost heeft, en dat nooit gebruikt werd... Nooit. En met het zand uit de put die men nu graaft, dempt men een deel van de vorige put. Stel je voor dat wij ons dorp moeten opgeven voor een dok dat nooit gebruikt zal worden...'

'Hoe kan dat nu?' vraagt een ander meisje.

Maurice haalt zijn schouders op.

'Als ik het wist, zou ik het zeggen, meisje. We hebben al van alles geprobeerd, maar niets helpt. De haven van Antwerpen moet uitbreiden, en aan hun eigen kant van de Schelde zou

geen plaats meer zijn, dus moet het hier maar naar de klo...
naar de knoppen...'
'Maar,' zegt een jongen met een brilletje, 'u zegt dat de Antwerpse haven moet uitbreiden, waar wij nu staan, is dit dan Antwerpen?'
'Natuurlijk niet!' antwoordt Maurice beslist. 'Dit is de línker Scheldeoever, Antwerpen ligt aan de réchteroever. Maar hier hebben we de ruimte die ze daar missen. Dus pakken ze ons dit stuk land af, moet hier een deel van de haven komen, en dus ligt Doel in de weg, zo simpel is het.'
Niemand van de kinderen begrijpt het echt, en ook de juffen stellen logische vragen waarop Maurice een antwoord geeft, maar die antwoorden lossen het probleem niet op.
Maurice vertelt over de kerk van Doel, die veertien jaar heeft leeggestaan doordat ze onveilig was: de toren begon te verzakken.
'Men heeft hier héél veel geld uitgegeven om de kerk te restaureren, en het is ook heel mooi geworden. Maar waarom ze dat doen als het dorp en dus ook de kerk, moeten verdwijnen, dat is een groot mysterie...' zucht Maurice. Hij slikt iets weg.
Dan wandelt hij met het groepje kinderen de dijk op en wijst aan waar Antwerpen ligt, waar het Verdronken Land van Saeftinge zich bevindt.
'En als je goed kijkt, zie je daar een aanlegsteigertje', zegt Maurice. 'Dat is de aanlegplaats voor het veer dat van Doel naar Lillo vaart. Tijdens de zomervakantie vaart hier een pont en daarmee kun je gratis naar de overkant, naar Lillo.'
Maurice vertelt dat er veel eerder al een aantal dorpen met de grond zijn gelijkgemaakt voor de havenuitbreiding.
'Lillo is eigenlijk een overblijfsel van een groter dorp dat ook gedeeltelijk werd ingepalmd door de Antwerpse haven. Er

wonen nog vijftig mensen', zegt Maurice stil. 'Vijftig... Er is geen bakker, geen slager... Alleen wat huisjes, een paar kunstgalerijtjes, het Poldermuseum, een handvol restaurants en een kerkje dat alleen gebruikt wordt als mensen er komen om te trouwen... Lillo was vroeger een levend dorp, en nu is het een bezienswaardigheid, zonder meer. Misschien, in het beste geval, wordt ook Doel ooit zoiets... Een soort Bokrijk...'

18

Het kwam als een donderslag bij heldere hemel: een diefstal in Doel! De draagbare computer van Lode Cologne was uit zijn huis gestolen. Op klaarlichte dag. Terwijl hij heel even naar de winkel was geweest.

'Zeker die Kosovaren! Ik heb altijd al gezegd dat ze voor geen haar te vertrouwen zijn', gromde Sofies vader toen zijn vrouw hem die avond het verhaal van de diefstal had gedaan.

'Of die krakers, dat jong stel! Volgens mij zijn dat ook geen katjes om zonder handschoenen aan te pakken. Het meisje, dat gaat nog, al loopt die altijd met haar gat bloot op straat...'

'Niet overdrijven, maar haar rokje is wel kort, dat geef ik toe...'

'... maar die jongeman, die Erik, die ziet er louche uit. Ik weet het niet, maar als je het mij vraagt...'

Sofie stapt de woonkamer binnen en gaat zuchtend zitten.

'Papa, ik wil in Doel blijven...'

Sofies vader schudt het hoofd.

'Ik begrijp het, meisje. Eigenlijk wil ik ook het liefst in het dorp blijven wonen, maar vroeg of laat moeten we hier weg, dan is er geen keus meer. En nu ...'

'... nu krijgen jullie meer geld voor je huis. Jullie willen niet blijven tot het dorp uitsterft. Dat zeggen jullie altijd. Maar stel je voor dat Doel toch niet hoeft te verdwijnen? Dat we hier toch mogen blijven wonen? Wat dan? Dan zijn we voor niets verhuisd! Dan heb ik voor niets mijn vriendjes moeten achterlaten!'

Uit de keuken klinkt geblaf.

'En Cola!' voegt Sofie er aan toe.

'Meisje, je begrijpt het allemaal nog niet...' zucht papa.

'Niet begrijpen? Ik ben niet achterlijk, hoor!'

'Bovendien,' zegt mama, 'wordt het zo langzamerhand gevaarlijk om hier te wonen. Ze stelen hier nu al op klaarlichte dag!'

'En in Antwerpen niet, dan?!' gilt Sofie.

'Meisje, je moet je erbij neerleggen dat we over twee weken verhuizen. Het is het beste voor ons allen...'

'Ja, en wie niet vertrekt, zal daar spijt van krijgen, toch, pa? Ik geloof dat niet!' roept Sofie.

Ze dendert naar de hal en knalt de deur zo hard achter zich dicht dat Cola begint te janken.

19

Wim: Sofie…

Sofie: Ja, Wim.

Wim: Ik eh…

Sofie: Ja…

Wim: Ik heb vannacht gedroomd.

Sofie: Ah ja? Toch niet weer over…

Wim: Jawel. Wéér over dat zeehondje. Ik zat hier op de dijk, op ons bankje, naar de schepen te kijken. En het was wéér die grote *Pegasus Diamond* die voorbijvoer. En Louis, die met zijn bootje langs kwam en naar mij zwaaide.

Sofie: En zag je toen dat zeehondje zwemmen?

Wim: Ja… En net als vorige keer zwom dat kleine zeehondje in de richting van de dijk. En ook nu stond ik op en wandelde naar het water…

Sofie: Leek het zeehondje weer op mij?

Wim: Ja, het had helemaal jouw gezicht… Met zulke heldere ogen en een lief snoetje…

Sofie: Ah ja?

Wim: Ja…

Sofie: Ben je toen ook weer wakker geworden?

Wim: Ja… Vreemd, hé.

Sofie: Ja, heel vreemd… Héél vreemd…

20

'Nog minder dan twee weken, hé', treitert Rani terwijl ze Sofie recht aankijkt. Sofie zwijgt.

'Nog een paar weekjes en dan zijn we hier in Doel van jou verlost', voegt Rani eraan toe. 'Dan zal Wim wel naar mijn feestje komen!'

Ze stapt op haar fiets en snelt weg. Sofie kijkt Rani na tot ze verdwenen is. De Engelsesteenweg uit, de polder in.

'Trek het je niet aan', hoort ze een stem achter zich.

'Wat een trut,' zegt Wim, 'ze weet niet wat ze zegt. Ik denk dat ze geen verstand heeft. Of dat er lippenstift op kleeft.'

'Als wij hier weggaan, dan zul je mij niet meer zien', zegt Sofie hard. 'En dan zul je vast en zeker toch naar Rani's feestje gaan.'

Het wordt zo stil dat je het gedruis van het water in de koeltorens van de kerncentrale kunt horen.

'Ik ga niet naar dat stomme feestje als jij niet gaat', zegt Wim vastberaden.

Sofie kijkt hem doordringend aan.

'Ik wil hier niet weg, Wim.'

'Ik weet het.'

'Mijn ouders kunnen doen wat ze willen, ik ga niet mee!' zegt Sofie, terwijl ze strak voor zich uit blijft kijken.

'Wat zeg je?' vraagt Wim verschrikt.

'Ik ga niet mee. Ik... ik... ik loop weg!'

'Maar dat kun je toch niet doen, Sofie?!' roept hij uit.

Cola begint onrustig te blaffen.

'Sst!' sust Sofie. 'Niet roepen, niemand mag het weten.'

Onwillekeurig kijkt Wim om zich heen. Niemand heeft iets gehoord.

'Dat kun je niet menen!' fluistert hij.

'En waarom niet? Kan ik niet bij jullie komen wonen?'

'Dat zullen mijn ouders niet willen, denk ik. En jouw ouders nog veel minder.'

'Dan verstop ik me ergens. Op een plek waar ze mij niet meteen vinden.'

'Maar waar?' kreunt Wim. Hij vindt het een bijzonder slecht idee. 'Iedereen zal je zoeken. Doel is niet zo groot, hoor!'

'Natuurlijk zullen ze me zoeken,' doet Sofie uitgelaten, 'dat is ook de bedoeling. En na een hele tijd mogen ze me zelfs vinden!'

Wim staart haar aan. Hij heeft Sofie altijd al een apart geval gevonden, maar nu maakt ze wel een heel rare kronkel.

'Ja, natuurlijk mogen ze me vinden! Maar eerst moeten ze een paar dagen zoeken, een paar dagen ongerust zijn... Heel erg ongerust, zelfs. Misschien denken ze wel dat ik in de Schelde verdronken ben', zegt ze.

Wim schudt het hoofd.

'Dat kun je je mama en papa toch niet aandoen', fluistert hij.

'En waarom niet? Weet je wel goed wat zij mij aandoen?! Ik wil hier niet weg, maar ik moet wel. Weg van jou, weg van mijn dorp.'

'Tja.' Meer weet Wim niet uit te brengen.

'Zie je, ook jij hebt geen antwoord, hé! Ze maken mij ongelukkig voor de rest van mijn leven, dan mag ik hen toch ook een paar dagen ongelukkig maken, zeker?! Misschien denken ze dan eindelijk eens na over hoe ik mij voel...'

Zo vastberaden heeft Wim haar nog nooit gezien.

Alle bloed lijkt uit haar gezicht weggetrokken. Het is krijt-wit.

'Voel je je wel goed, Sofie?' vraagt Wim onhandig, maar ze hoort hem niet.

'Ik verstop me, ik verdwijn een paar dagen en alleen jij weet waar ik zit. Jij zult me toch niet verraden?'

De jongen schudt heftig het hoofd.

'Zie je wel. Als jij me niet verraadt, dan vinden ze me nooit.'

'Waar ga je je verstoppen, dan?'

'Hm... Op jullie zolder?'

Wim schrikt.

'Dat kan niet, Sofie. Mijn papa komt daar af en toe, zijn maquettes staan daar.'

'Ach, ik vind wel iets.'

Wim wil vragen wat ze denkt dat er zal gebeuren wanneer haar ouders haar weer vinden, maar hij zwijgt.

Een hele poos zitten ze zwijgend voor zich uit te kijken. Ze zien hoe het Scheldewater speels naar de kant komt gegolfd doordat De Kapitein langs vaart.

Cola blaft. Sofie zwaait. Wim zwaait. De schipper zwaait terug.

21

Ook in de schemering ademen de straten van Doel rust uit. Hier en daar schuifelt nog iemand over het trottoir, een fietser groet de man die met een hond aan de leiband over de dijk wandelt. Het is zomers warm in het dorp. Een voordeur zwaait open. Agnes verschijnt in het deurgat. Ze kijkt de avond in, stapt haar huis uit en schudt het hoofd. Dan belt ze bij haar buurman aan. Niemand doet open. Twee huizen verder gaat de voordeur open, Rudy komt naar buiten. 'Is ook bij jou de stroom uitgevallen?' vraagt Agnes. Rudy knikt. Ook even verderop gaat een voordeur open. Joris roept: 'Hebben jullie elektriciteit?'

'Nee!'

Lode Cologne komt in boxershort de straat op: 'Ik snap het niet, want er is geen enkele zekering gesprongen!'

'Bij ons ook niet.'

Even later staan bijna alle bewoners van de Camermanstraat buiten. De aanvankelijke irritatie heeft algauw plaats gemaakt voor berusting. Iemand heeft de elektriciteitsmaatschappij gebeld en meldt dat die iemand zullen sturen.

'Ja, maar wannéér hebben ze er niet bij verteld, zeker?'

'Nee, dat kan dus ook morgen zijn...'

'Of volgende week...'

Enkelen brengen de inhoud van hun diepvriezer naar vrienden die twee straten verderop wonen.

'Vreemd dat ze daar wél elektriciteit hebben', vindt Maurice. 'Een mens zou gaan denken dat er iets heel merkwaardigs aan de hand is.'

'Ach, ik vind het niet erg, het komt wel weer in orde', zegt Oscar die met een krat bier aan komt zeulen.

'Op deze manier kan het me ook weinig schelen', lacht Maurice, die een paar stoelen naar buiten brengt.

Heel wat kinderen zijn door het gelach en gebabbel op straat gewekt en lopen nu ook rond. 'Net als vroeger, net als vroeger', zegt Maurice een uur en zes pilsjes later. 'We zouden dit vaker moeten doen...'

22

De volgende ochtend heel vroeg stopt een auto van de elektriciteitsmaatschappij op het dorpspleintje. Ogenblikkelijk stapt Agnes haar huis uit, en beent naar de auto waarin een jonge man net een boterham in zijn mond heeft gestopt.

'Het is bij mij!' roept Agnes.

De man kijkt op en knikt.

'Kom je?'

De man steekt zijn boterham de hoogte in.

'Je zou ons beter eerst helpen en daarna pas gaan eten!'

De man schokschoudert, neemt nog een hap en diept zijn thermoskan op.

Agnes roept nog iets over de jeugd van tegenwoordig en sloft dan weer haar huis in. Daar gaat ze achter het raam naar de man zitten kijken.

Na een tijdje stapt die uit, haalt zijn gereedschap uit de auto en loopt naar de elektriciteitscabine. Meteen holt Agnes weer naar buiten en gilt: 'Je moet bij mij zijn! Joehoe! Niet daar, maar hier!'

De man kijkt niet eens op en gaat aan de slag.

23

Wanneer Sofie en Wim naar school lopen, horen ze achter zich een geweldig gebrul. Om de hoek verschijnt een roze 2-pk.
'Erik', zegt Wim.
De auto stopt naast Sofie en Wim.
'Rijden jullie mee?'
'We moeten naar school!'
'Ik breng jullie er wel heen!'
Sofie duwt haar elleboog in Wims ribbenkast: 'Ik rijd niet mee, Wim. Als mijn ouders dat te weten komen... Je kent hen.'
'Ach, zo'n vaart zal het wel niet lopen, kom, rijd mee', probeert Wim.
Maar Sofie valt niet te vermurwen.
'Rijd maar mee, ik ga wel alleen naar school. Tot straks!'
En voordat Wim kan antwoorden, loopt Sofie kordaat verder in de richting van het schooltje.
'Ga je mee, Wim?'
Terwijl Wim instapt, komt de auto al schokkend en brullend in beweging.
'Hé! Straks val ik er nog uit! Wat een haast!' roept Wim.
'Problemen, problemen', jammert Erik.
'Wat nu?'
'Straks!'
Wanneer ze de kasseien van Saftinge, een straat net buiten het dorp, zien liggen, zet Erik de auto stil.

'Wimpie, maat, wil jij iets voor mij doen?'

Wim bekijkt het ernstige gezicht van Erik. Zo serieus heeft hij deze flierefluiter nog nooit gezien.

'Die elektriciteitsstoring van gisteren...'

Wim knikt; hij had kunnen denken dat Erik daar iets mee te maken had.

'... dat was mijn schuld.'

Erik kijkt Wim ernstig aan en zegt, terwijl hij hem star in de ogen staart: 'Ik ben het zat om zonder elektriciteit te zitten, dus ik heb geprobeerd om stroom af te tappen... Maar eh... dat mislukte. Ik snap wel wat er verkeerd gelopen is, maar plotseling zat half Doel zonder elektriciteit. Ik kon het niet meer herstellen, want het was pikkedonker, natuurlijk. En ik moest ervoor zorgen dat ik niet gezien werd. Shit, ik heb er de hele nacht van wakker gelegen.'

Wim schiet in de lach: 'Natuurlijk, natuurlijk! Ik had het kunnen weten. Als er onverklaarbare dingen gebeuren, zoals koeien in het dorp of geheimzinnige stroomstoringen, dan ben jij in de buurt!'

Erik kijkt ernstig.

'Lach me maar uit, ja. Door dat voorvalletje met die koeien zat de politie me al op de hielen, maar als ze nu ontdekken dat ik geprobeerd heb stroom te pikken, dan hang ik helemaal!'

Wim knikt: 'Die kans is groot, natuurlijk. En je komt nu wel te laat, want er stond al een auto van de elektriciteitsmaatschappij op het plein.'

Erik knikt: 'Ik weet het, daar zit 'm net het probleem. Ik denk dat ik de storing heel snel kan herstellen, maar daarvoor heb ik een bliksemafleider nodig.'

'Een bliksemafleider?' Wim kijkt Erik onbegrijpend aan. 'Wat bedoel je?'

'Als jij de man van de elektriciteit naar een andere plaats kunt lokken, vijf minuten maar, dan kan ik intussen het zaakje wel klaren.'

Wim fronst zijn wenkbrauwen...

'Wil je dit voor me doen, Wimpie? Please?'

Wim knikt.

'Zeg maar wat ik moet doen...'

24

Wie sluit de laatste deur?
Wie dooft de laatste kaars?

Sofie schudt het hoofd wanneer ze deze versregels gelezen heeft. Ze slaat de dichtbundel *Van de Kaart* dicht en zucht. 'Hier staan echt treffende dingen in, Wim', fluistert ze. Haar handen trillen wanneer ze het boekje aan Wim overhandigt.

'Ik snap heel veel gedichten niet echt, maar ik denk dat ik altijd wel min of meer eh... aanvoel waar het over gaat...'

'Eigenlijk moet ik het dichtbundeltje teruggeven aan Erik,' zegt hij, 'maar het liefst zou ik het houden.'

'Wanneer Doel verdwenen is, zullen alleen herinneringen overblijven. En als we het ons allemaal niet goed meer kunnen herinneren, zullen we boeken, foto's en filmpjes bekijken...'

Wim staart voor zich uit en zwijgt. Hij kijkt naar het water van de Schelde waarop het licht een vreemd spel speelt.

'Het zal niet moeilijk zijn me je altijd herinneren', zegt hij ineens. 'Want vroeg of laat kom ik je achterna.'

Sofie kijkt Wim aan: 'Dat is lief van je.'

Onverwacht geeft ze hem een zoen op zijn wang. Wim schikt ervan.

'Ik wil hier niet weg', zegt ze voor de zoveelste keer. 'Ik wil hier blijven, Wim. Met jou, met Cola... Ik wil altijd de boten voorbij zien varen...'

Wim knikt. Wat onhandig bladert hij in het boekje. Op pagina 37 vouwt hij het open en leest hardop:
'In Doel wonen de mensen kleiner
in hun hart.'
Dan mompelt hij: 'Sofie, echt begrijpen wat hier staat, doe ik niet, maar ik heb het gevoel dat ik het eh... versta...'
Sofie fluistert terug: 'Ik ook, Wim, ik ook.'
Hoewel Cola jaloers begint te blaffen, legt Sofie haar hoofd op Wims schouder en sluit haar ogen.

25

Het huis waar Sofie woont staat vol dozen. Nog twee weken en het gezin verhuist.
Sofie heeft totnogtoe geweigerd ook maar iets van zichzelf in te pakken. In de gang staat een stapel dozen waarop mama haar naam geschreven heeft. Op enkele ervan staat de boodschap: NEEM MIJ MEE EN VUL MIJ A.U.B. in het handschrift van haar moeder.

Wanneer ze in Sofies kamer zitten, vraagt Wim: 'Waarom wacht je tot op het laatst om in te pakken?'
'Ik wil niet weg, dus hoef ik niet te pakken', zegt Sofie strijdlustig. 'Ik heb mijn ouders al vaak gezegd dat ik hier alleen kan blijven wonen. Ik kan mijn plan trekken, ik ben oud genoeg. Eten kan ik af en toe bij jullie, naar school kan in Beveren, dat is vijftien kilometer, dus kan het nog met de fiets. En jouw mama, die zal wel een oogje in het zeil houden...'
'Maar je ma en pa willen het niet, zeker', fluistert Wim.
Sofie schudt het hoofd.
'En toch wil ik hier niet weg!'

Even later zitten ze aan tafel.
'Wil je iets drinken, Wim?' vraagt Sofies moeder.
'Cola, alstublieft', zegt Wim.
Ogenblikkelijk komt de hond eraan gerend.

Eerst wordt er wat over de school en de hond gepraat. Dan zegt mama: 'Ik heb gehoord dat er volgende week een nieuwe lading Kosovaren komt wonen in het huis van Everaert. Je ziet wat er gebeurt, hé: ze maken het hier onleefbaar...'
Sofie veert op: 'Je keert de zaken gewoon om! Waarom komt hier een nieuwe familie wonen, denk je? Doordat jullie allemaal weggaan uit Doel; anders zouden die huizen niet leeg staan?! En wat hebben jullie tegen Kosovaren? Zijn dat geen mensen, misschien?!'
Vader kijkt zijn dochter ernstig aan: 'Ik wil die discussie nu niet voeren.'
'Natuurlijk niet! Als jullie geen gelijk hebben, dan moet ik zwijgen!'
'Meisje, Doel wordt zo langzamerhand een dorp vol vreemdelingen en krakers...'
Sofie onderbreekt haar vader heftig: 'Natuurlijk! Logisch! Jullie gaan hier allemaal weg! De mensen die hier komen wonen, die weten dat het hier goed is! Die Kosovaren zijn hier tenminste gelukkig. Ze wonen in echte huizen in een fantastisch dorp!'
'Ja, ja, het zal wel dat ze gelukkig zijn; sommigen betalen zelfs geen huur, die kraken een pand, en tussen zulk *gespuis* wil ik niet leven', sneert mama.
Wim opent zijn mond, maar slikt zijn woorden in.
'Wim, je wilde iets zeggen?' vraagt Sofies vader.
'Ja, eh, nee', zegt hij.
'Toch wel!' zegt Sofie vastberaden. 'Zeg het maar, Wim.'
'De mensen van Doel zouden eensgezind moeten zijn en allemaal blijven, zegt Erik...'
'Erik?! Die bandiet? Laat die zijn mond maar houden!' roept moeder. 'Die zou maar beter kunnen vertrekken, ik vertrouw hem voor geen cent!'

'Wacht even,' probeert vader te sussen, 'en laat Wim eens uitspreken. Wim, wat zegt die Erik?'

Wim friemelt aan zijn broekspijpen.

'Hij vindt dat de mensen allemaal zouden moeten blijven en van Doel een aantrekkelijk, fleurig dorp maken, zoals vroeger. Hij vindt dat het ook de fout van de Doelenaars is dat het dorp verloedert. Hij zegt altijd dat mensen eensgezind moeten zijn, maar dat dit niet meer lukt, tenzij...'

Sofies moeder onderbreekt Wim ruw: 'Laat die vent zijn mond houden! Wat weet hij nu van dit dorp af, hij woont er nog maar pas. Trouwens vroeg of laat moet ook hij hier weg, de profiteur, de...'

Vader legt zijn arm op die van zijn vrouw: 'Wacht even, schat, Wim was nog niet uitgesproken, is het niet, Wim?'

Wim knikt voorzichtig.

'Je zei net dat Erik vertelt dat de mensen eensgezind moeten zijn, maar dat dit niet meer lukt, tenzij...'

Wim vult zacht aan: '... tenzij er iets zou gebeuren... Een drama. Een gijzeling of een ontvoering of zo...'

26

'Moet je nu wéér naar het Hooghuis?' vraagt Guido wanneer Marina de sleutel van het historische gebouw van het rekje neemt.

'Ja, maar het zal niet lang duren', antwoordt Wims moeder.

'Dat zei je eergisteren ook en toen was je de hele avond weg', merkt Guido bezorgd op. 'De dokter heeft niet voor niets gezegd dat je het kalmpjes aan moet doen.'

'Hm', antwoordt Marina.

'Je werkt op de kerncentrale, doet het huishouden, woont de vergaderingen van Doel 2020 bij, en nu organiseer je ook nog die Scheldewijdingsfeesten... Wat ga je je nog allemaal op de hals halen?'

Marina zucht.

Ze weet dat haar man gelijk heeft, maar ze vindt het allemaal zo belangrijk.

'Schat, je weet toch dat ik voor de feesten verantwoordelijk ben voor...'

'... de tentoonstelling in het Hooghuis,' onderbreekt Guido zijn vrouw, 'en dat er zes schilders hun werk zullen exposeren, ja, dat weet ik.'

Marina glimlacht en geeft Guido een kus op zijn wang.

'Ik ben vanavond echt vroeg thuis, ik moet gewoon even de tentoonstellingsruimte laten zien aan één van de kunstenaars. Oké?'

Guido knikt.

Wanneer Marina naar de voordeur loopt, komt net Wim van de trap.

'Al klaar met je huiswerk, jongen?'

'Ja, mam...'

'Je klinkt zo mat. Scheelt er wat?'

'Hm...'

'Zeg het eens, wat is er aan de hand?' vraagt Marina, terwijl ze met haar hand door Wims haren strijkt.

'Rani wil dat ik naar haar verjaardagsfeestje kom. Ik wil wel, maar Sofie...'

Marina kijkt haar zoon strak aan.

'Zeg het maar, jongen.'

'Ik zal Sofie kwetsen wanneer ik naar Rani's feestje ga. En die heeft het mij al tweemaal gevraagd...'

Marina zucht. Dan zegt ze: 'Jongen, als je in verband met het vertrek van Sofie liever niet naar Rani's feestje gaat, moet je daar met Rani eens ernstig over spreken. Ze zal het wel begrijpen...'

27

De voordeur van het huis waar Erik en Petra wonen staat, zoals wel vaker, op een kier. Wim klopt aan. Terwijl hij wacht, kijkt hij om zich heen.

Wat een rommel in de tuin, wat een onkruid. Het is hier héél anders dan bij hem thuis, waar zijn ouders hun best doen om het huis en de tuin netjes en gezellig te houden. Hier liggen lege bierblikjes in een hoekje, staan zwarte vuilniszakken tegen het muurtje en ligt het hout slordig op een hoop onder een gescheurd plastic zeil.

Omdat hij niemand hoort roepen, klopt Wim nog een keer aan, ditmaal iets harder.

Weer wacht hij een tijdje, maar niemand roept, niemand komt. Het blijft opvallend stil. Zelfs de koekoek roept niet.

Er zal toch niets gebeurd zijn, spookt het door Wims hoofd. Met Erik weet je nooit. Misschien heeft hij zich bezeerd toen hij weer aan zijn eend sleutelde? Misschien heeft hij weer aan de elektriciteit zitten knoeien? Ook de auto staat niet op de oprit.

Opnieuw klopt Wim op de achterdeur.

Als niemand dit gebonk hoort, dan is er iets ernstigs aan de hand, of is er niemand thuis...

Het blijft stil....

Wims voelt zijn hart in zijn borst slaan.

Ik zal even binnen gaan kijken, ze zullen wel weg zijn, fluistert hij zichzelf moed in.

70

Hij duwt de deur open. Ze piept een beetje.
Net als in een spannende film, denkt Wim.
Wanneer hij in de keuken staat, klopt hij driemaal op de
open deur die toegang naar de woonkamer biedt.
'Hallo! Iemand thuis?'
Wim schrikt van zijn eigen stemgeluid.
Er is niemand in de woonkamer. In de traphal roept Wim
nog eens luid, maar ook nu is er geen enkele stem, geen
enkel geluid te horen. Wim kijkt rond. Ook hier is het een ratjetoe: een oud televisietoestel, een computerscherm, een roestige fiets. Onder de
trap ligt een stapeltje kranten. Wim werpt er een vluchtige
blik op en leest:

Mysterieuze ontvoering in Aalst

Hij schudt het hoofd en gaat weer de woonkamer in. Dan
blijft hij staan, werpt een blik op de keuken en gaat weer de
hal in. Onder de trap hurkt hij neer bij de kranten. Hij neemt
de bovenste van het stapeltje en leest op de volgende krant:

Meisje ontvoerd in Spa

Wim voelt zich ongemakkelijk warm worden. Snel neemt hij
de volgende krant:

Mislukte ontvoering in Oostende

en de volgende:

Jongen van zes spoorloos

En de volgende en de volgende en de volgende...
Wim voelt hoe de grond onder zijn voeten lijkt weg te zakken. Snel gooit hij al de kranten weer op de stapel en haast
zich het huis uit.

28

In de Camermanstraat is het onopvallend rustig. Een paar mussen houden tjilpend een schijngevecht. In de warme stilte van de middag stapt Maurice zijn huisje uit. Hij sluit de voordeur achter zich en kijkt rond. Geen mens te zien. Hij steekt een sigaret op. Daarna belt hij bij de buren aan. Even later belt hij opnieuw. Maurice zucht en stapt naar het volgende huis. Ook daar belt hij aan. Ditmaal heeft hij meer geluk. Een oudere dame opent de deur.

'Ah, Maurice!'

'Dag Julie. Hoe gaat het?'

'Goed, Maurice, en met u?'

'Boah, het gaat, zoals het gewoonlijk gaat, hé. Maar waarvoor ik eigenlijk kom… Weet je nog, een week of zo geleden, toen de elektriciteit was uitgevallen, 's avonds?'

Julie knikt.

'Dat was gezellig, hé.'

Weer knikt de buurvrouw.

'Ik kwam eigenlijk vragen of we dat vanavond niet weer eens zouden kunnen doen. Gewoon, stoelen op het trottoir, biertje erbij, en een goede babbel. Wat denk je?'

Julie schudt het hoofd: 'Je treft het slecht, Maurice. Ik moet vanavond naar Beveren, naar mijn dochter. Da's al een tijdje afgesproken…'

'Geen probleem. Volgende keer beter. Dag Julie!'

'Dag Maurice! Amuseer je vanavond!'

Maurice heeft al bij de volgende voordeur aangebeld. Marie-Jeanne doet meteen open, alsof ze Maurice heeft zien aan komen.

'Dag Maurice. Welk goed nieuws?'

En Maurice steekt weer van wal.

'Dat zal niet lukken vanavond, want mijn vader ligt in het ziekenhuis in Sint-Niklaas, en we willen hem net vanavond gaan bezoeken.'

'Toch niet te erg?'

'Nee, dat gaat wel, een nieuwe heup. Maar dat is vandaag de dag geen zware operatie meer.'

'Wens hem beterschap', lacht Maurice terwijl hij naar het volgende huis loopt.

Maar ook daar lukt het hem niet om gezellig gezelschap voor zijn avondplan bijeen te krijgen. Nadat hij ook bij nummer zes op een 'nee' is gestuit, sloft hij moedeloos naar zijn eigen huis. Voordat hij zijn eigen voordeur opent, neemt hij zijn zakdoek en snuit.

29

Wanneer Wim die ochtend op school arriveert, voelt hij zich moe. De hele nacht heeft hij geen oog dichtgedaan. Urenlang spookten de krantenkoppen die hij bij Erik had gelezen door zijn hoofd. Steeds weer en steeds weer. Hij weet niet wat het te betekenen heeft. Vormen die kranten een soort archief, en heeft Erik iets met al die ontvoeringen te maken? Als dat zo was, zou hij die kranten dan zomaar in zijn hal laten rondslingeren? Wim kan zijn gedachten moeilijk op een ander onderwerp richten. Natuurlijk had Erik het niet voorzien dat hij alleen zomaar zou binnenlopen in zijn huis.

Is Wim nu zelf een inbreker?

Hij is immers zonder toestemming een vreemd huis binnengewandeld.

Zou hij Erik om uitleg vragen?

Maar dan moet Wim bekennen dat hij in Eriks huis is geweest.

Moet hij naar de politie gaan?

Daardoor geeft hij bovendien te kennen dat hij Erik absoluut niet vertrouwt...

Maar als hij het niet doet, en Erik... Zijn er dan kinderen in gevaar?? Zal hij het Sofie vertellen? Maar zij heeft andere zorgen aan haar hoofd, en misschien voelt ze zich haar laatste week in Doel dan wel heel bang...

Nog voordat Wim ook maar één voet op het schoolplein

heeft gezet, hoort hij Rani's schelle stem boven alle andere uit klinken. Wim gluurt even over het schoolplein. Sofie is er nog niet.

Wim zucht. Wedden dat, wanneer hij het schoolplein op wandelt, Rani hem meteen lastigvalt?

Een tijdlang drentelt hij wat rond in de hoop dat Sofie zal opduiken.

Maar wanneer de bel gaat en hij noodgedwongen de speelplaats op loopt, is Sofie er nog steeds niet.

Wim voelt zich ongemakkelijk. Sofie komt nooit te laat op school… Hij denkt weer aan de kranten.

'Wim! Wim! Wiiiiiiiiiiiiiiiiiiiiiiiiiiiiiiii–iiiiiiiiiiiiiiiiiiiiiim!!'

Rani's stem snijdt de ochtend aan flarden.

Wim krimpt ineen, haar stem doet pijn aan zijn oren.

Meteen komen Rani en haar vriendinnen op hem toe gelopen.

'Wim! Wiiiiiiiiiiiiiiiiiiiiiiiiiiiii–iiiiiiiiiiiiiiiiiiiiiiiiiiiiiiiiiiiiiiiiiiiiiiiiiiiiiiiiim!!'

Hij kijkt nog een keer achterom. Nog steeds geen Sofie te bespeuren. Er zal toch niets gebeurd zijn?

'Wim, kom je nu naar mijn feestje?'

Waarom Rani altijd roept, is hem een raadsel. Ze is nu toch vlakbij…

'Hé, Wim, kom je naar mijn feestje?' herhaalt ze.

'Rani, we moeten er eens over praten', fluistert Wim. Zijn stem laat het afweten, hij kucht en schraapt zijn keel..

'Het is toch niet zo moeilijk, het is ja of het is nee?' giert ze.

'Toch niet', antwoordt hij stil. 'Ik zou wel willen, maar…'

'… je mag niet van Sofie, zeker?!' vult Rani spottend aan.

'Wim, je bent een softie!'

Rani kijkt even rond en roept dan parmantig:

'Sofies softie!'

Zo hard dat ze het op het hele schoolplein kunnen horen. 'Dat is niet waar,' zegt Wim verontwaardigd, 'maar ik wil Sofie geen pijn doen...' In een flits ziet Wim dat Rani heel even opzij kijkt. Dan zegt ze: 'Je mág niet naar mijn verjaardagsfeestje komen, Wim!' Ze draait zich weg van hem en roept: 'Ik zou niet in Sofies plaats willen zijn! Als je zo over haar denkt!' Wim snapt het niet. Rani kijkt nog even om. Wim opent zijn mond. Hij kijkt in het triomfantelijke gezicht van Rani. Dan ziet hij dat Sofie vlakbij stond te luisteren. Ze loopt kwaad weg. 'Shit,' vloekt Wim, 'ik snap het. Sofie heeft waarschijnlijk alleen die laatste zin van Rani gehoord...'

30

Het heeft toch even geduurd voordat Wim Sofie zover krijgt dat ze wil vertellen wat ze precies gehoord heeft van het 'gesprek' dat Rani en hij op de speelplaats voerden. Het bleek de laatste zin te zijn...

'Sorry dat ik zo boos was, Wim... Vergeef je 't me?'

'Tuurlijk', fluistert Wim dicht bij haar oor.

'Rani is echt wel een kreng.'

'Ach, nog een kleine week en je bent van haar verlost.'

Wim kan zich wel voor het hoofd slaan.

'Sorry, Sofie, sorry, dat was stom van me. Achterlijk, gewoon. Ik bedoelde...'

'... Ik wéét wat je bedoelt, Wim, geen probleem.'

'Geen probleem?'

'Wél een probleem. Een groot probleem. Een héél groot...'

31

Diezelfde avond fietst Wim naar Erik. Hij weet niet goed of hij de waarheid over die kranten wel wil weten, maar hij heeft zich voorgenomen om toch zo onopvallend mogelijk te polsen. Gelukkig had hij Eriks dichtbundel, *Van de Kaart*, nog thuis. Nu kan hij, zonder argwaan te wekken, bij Erik binnenwippen.

De 2-pk staat op de oprit.

'Hij is thuis', fluistert Wim overbodig.

Wanneer hij aanklopt, is hij nerveus. Doet hij er wel goed aan heel alleen bij Erik binnen te gaan? Had hij niet beter zijn ouders ingelicht?

'Hoi, Wimpie! Kom binnen, kom binnen. Welke gunstige polderwind voert jou hierheen?'

'Dit', zegt Wim terwijl hij het boekje omhoog houdt.

'*Van de Kaart*!'

Erik neemt het boekje in zijn handen en bladert erin.

'Heb je er nog in gelezen?' vraagt hij.

Wim knikt.

Erik stopt de dichtbundel weer in zijn handen.

Wim bladert.

'Hé, Wimpie, ben je zenuwachtig of zo?'

'Ik? Nee, hoor.'

'Je handen trillen…'

'Dat gebeurt weleens', hoort Wim zichzelf zeggen. 'Hier, pagina 17, de tweede strofe…'

Wim geeft het geopende boekje aan Erik. Die leest:
'*Het dorpje Doel*
wordt leeggeschept en op eigen
vissersgrond als haring uitgezet.'
Erik zucht: 'Wimpie, jongen, echt wel om over na te denken!'
Wim kijkt naar zijn schoenen en fluistert: 'Ik vind dat mensen soms rare dingen doen... Dorpen doen verdwijnen, mensen... ontvoeren en zo...'
'Hm, je hebt een punt, Wimpie. Mensen doen soms héél rare dingen...'
Hij reageert helemaal niet op het woord *ontvoeren*, denkt Wim. Dan valt zijn oog op de draagbare computer die op de tafel staat.
'Erik, heb je een nieuwe computer gekocht?' laat hij zich ontvallen.
'Ik? Eh... nee.'
Wim meent onzekerheid in Eriks stem te horen.
'Je bedoelt die laptop, hier? Nee, ik heb hem eh... gekregen, zeg maar. Van een vriend, voor wie ik een klusje heb geklaard.'
Wim voelt zich vreemd. Waarom moet hij nu aan Lode denken? Het kan toch dat Erik een vriend geholpen heeft en daarvoor in ruil...
'Gaaf speelgoed, alleen jammer dat ik de batterij af en toe bij iemand moet gaan opladen. Dat we hier nog altijd zonder stroom zitten, begint op mijn zenuwen te werken! Wimpie, ik wil stroom, stroom. Zoveel stroom, dat de vonken er af vliegen!'
'Ik moet gaan', zegt Wim ineens.
'Nu al?'
Wim knikt en zonder nog iets te zeggen, haast hij zich het huis uit.

32

Wim: Sofie...

Sofie: Ja, Wim.

Wim: Ik eh...

Sofie: Ja...

Wim: Ik heb vannacht weer gedroomd.

Sofie: Laat mij raden: over een zeehondje...

Wim: Ja...

Sofie: En dat zeehondje leek op mij...

Wim: Ja...

Sofie: Het had... heldere ogen en een lief snoetje...

Wim: Ja...

Sofie: En toen ben je weer wakker geworden.

Wim: Nee.

Sofie: Nee?!

Wim: Nee, de droom ging verder.

Sofie: Vertel, vertel, ik wil het weten.

Wim: Ja?

Sofie: Tuurlijk, kom, vertel!

Wim: Het zeehondje kwam naar mij toe gezwommen, maar ineens was daar dat grote schip. Het werd donkerder, veel donkerder, want dat schip nam bijna alle licht weg. En een man kwam van het schip af.
En ineens was dat schip weg.

Sofie: En dat zeehondje?

Wim: (*zwijgt*)
Sofie: En dat zeehondje, Wim? Wat gebeurde daarmee?
Wim: Ik heb geen idee.
        Het was weg…

33

'Nog vijf dagen', fluistert Sofie voor zich uit.

'Hm...'

Het is lekker zomerweer en Wim en Sofie zitten op het terras van *Doel 5*. Wim weet niets meer te zeggen. Hij en Sofie hebben het er al zo vaak over gehad, op 'hun' bankje op de dijk. Gisteren is ze voor het eerst mee met haar ouders naar hun flat in Antwerpen geweest. Niet omdat ze wilde, maar omdat ze moest. Tot nu toe hadden haar ouders haar de keuze gelaten en Sofie had volgehouden dat ze daar nooit zou gaan wonen, en dat ze dus de flat niet hoefde te zien.

'Het is wel een mooie flat', zucht Sofie. 'Veel moderner dan het huis waarin we nu wonen.'

'Misschien valt het wel mee', probeert Wim.

'Meevallen?! Natuurlijk niet!' gilt Sofie. Cola schrikt op en gromt. 'Wim, hoe kun je zoiets zeggen?!'

'Sorry, maar ik bedoelde...'

'Natuurlijk weet ik wat je bedoelt, maar ik blijf erbij: ik ga niet mee naar Antwerpen. Ik wil daar niet wonen. Ik ga hier niet weg! Over mijn lijk!'

'Dat laatste staat op het spandoek dat aan onze gevel hangt...' merkt Wim op.

Sofie knikt en zwijgt.

Een groepje wielertoeristen komt voorbijgereden en Cola blaft heftig naar hen.

'Cola!'

De hond houdt op met blaffen. Dan staat Sofie op en draait zich met haar gezicht naar de kerk.

'Sommige mensen vinden Doel een lelijk dorp, weet je dat?'

Wim schudt het hoofd.

'En eigenlijk is het dat ook geworden. Ze hebben de schoonheid kapotgemaakt. Ik bedoel niet alleen de huizen die nu leeg staan, maar de mensen... Ze zijn ongelukkig en leeg...'

Ze staart in de richting van het nieuwe dok.

Wim fluistert: 'Mijn mama zegt altijd dat ons *wel–zijn* wordt kapotgemaakt doordat Antwerpen almaar meer *wel–vaart* wil...'

Sofie kijkt hem aan en zegt: 'Je moeder is een wijze vrouw, Wim, ik wou dat ik zo'n moeder had...'

De eigenares van *Doel 5* komt naar buiten: 'Wie had er cola besteld?'

Bij het horen van zijn naam begint de hond te blaffen.

34

De volgende dag is Sofie niet op school.
'Weet jij of ze ziek is?' vraagt de meester.
Wim schudt het hoofd.
'Jawééééééééél!' gilt Rani. 'Wim weet altijd waar Sofie is, nietwaar, Wim?!'
Nu niet rood worden, flitst het door zijn hoofd, vooral niet rood worden.
Het lukt niet.
'De tomaten zijn rijp, Wim!' gilt Rani. Alle meisjes lachen overdreven.
'En, Wim, weet jij waar Sofie is?'
'Nee, meester, ik heb geen idee.'

De ochtend duurt langer dan anders. Wims gedachten dwalen voortdurend af naar Erik. En naar Sofie. Wim hoopt dat ze echt ziek is. Niets ernstigs, natuurlijk, maar gewoon wat ziekjes. En elke keer als hij aan Erik denkt, ziet hij in zijn gedachten weer die kranten…
Wim maakt tijdens de lessen de domste fouten, wat hem uiteindelijk een uitbrander van de meester oplevert.
Wanneer hij 's middags naar huis fietst, staat Sofies moeder bij het hek te praten met de vrouw van Maurice.
'Dag Wim!' roepen ze in koor.
Ze weten waarschijnlijk nog niets van Sofie, denkt hij.
Hij sprint het huis voorbij in de hoop dat niemand hem iets

vraagt, giert de bocht om en snelt de Scheldemolenstraat door, recht naar huis.

Wanneer Wim 's middags weer op school komt, gonst het er van de spanning.

'Hé, Wim, heb je 't al gehoord? Sofie is weggelopen!'

Wim voelt het bloed uit zijn gezicht wegtrekken. Dus toch... 'Hoe, weg?' reageert hij mak. Het is alsof zijn kaken op elkaar gekleefd zijn.

'Ja, weg!' roept Rani. 'Opgelost in het niets! Verdwenen!'

'Dat kan niet,' zegt Wim ernstig, 'mensen verdwijnen zomaar niet.'

'En toch is ze weg!' gilt Rani. 'O, die Sofie! Wat erg! Als er maar niets ernstigs gebeurd is!'

Wim schudt het hoofd. Eerst pest Rani haar dat het niet mooi meer is en nu doet ze alsof Sofie haar beste vriendin is.

Ook de middag duurt oneindig lang. Niemand kan zijn hoofd bij de leerstof houden, ook de meester zelf vergist zich af en toe.

Een halfuurtje voor de bel gaat stopt de meester met lesgeven. Iedereen mag al zijn boeken in zijn rugzak stoppen.

'Jullie weten dus dat Sofie eh, dat Sofie... onvindbaar is', zucht de meester.

Dat heeft hij daarnet, bij het begin van de les ook al gezegd, denkt Wim.

'Als iemand van jullie iets te weten komt, dan moet hij het zeker zeggen.'

Waarom kijkt hij naar mij, denkt Wim.

Maar de meester kijkt nu naar buiten en zegt bijna fluisterend: 'Het zou me niet verbazen als het te maken heeft met het feit dat ze uit Doel moet verhuizen. Ze is een goede leerling, haar cijfers zijn goed... Haar moeder is hier nog geweest, vanmiddag, en die zei dat ze de laatste tijd een beetje vervelend deed over die verhuizing. Ze kan het blijkbaar niet verwerken. Tja, het is me wat... Moeten verhuizen en niet willen. Maar om daarvoor nu van huis weg te lopen...'

Het is nu muisstil in de klas.

'Dus als iemand van jullie iets hoort...'

De blik van de meester gaat de klas rond om bij Wim te blijven steken.

'Wim, heb jij niets aan Sofie gemerkt de laatste tijd? Jij bent toch, hoe zal ik het zeggen, eh, haar beste vriend.'

Wim schudt het hoofd.

'Heeft ze je niets gezegd, ook niet wat ze zou doen als haar vader en moeder zouden verhuizen?'

Wim knikt.

'Ze heeft weleens gezegd dat ze dan in de Schelde zou springen.'

Wim hoort het zichzelf er zomaar uitflappen.

Rani gilt. De meester springt op en roept: 'Wat?! En dat zeg je nu pas?! Godverdomme!'

En in twee stappen is hij het klaslokaal uit.

35

Wim fietst naar huis. Langzaam, want hij voelt zich moe. Hij moest daarnet bij de directeur komen. Die stelde een heleboel vragen. Duizend, leek het wel. Of het allang geleden was dat Sofie had gezegd dat ze in de Schelde zou springen. Of hij gedacht had dat ze het meende. Of ze gezegd had wanneer ze het zou doen. Daarna waren twee politiemannen op school gekomen en die hadden dezelfde vragen op hem afgevuurd.

'Waarom heb je dat niet eerder verteld, jongeman?'

Hij had de schouders opgehaald en gezegd dat hij toen dacht dat zij het niet meende.

'Je mag naar huis gaan', had de ene agent bits gezegd, 'maar beloof ons dat je belt als je je nog iets belangrijks herinnert.'

Net als in een detectiveserie op televisie, had Wim gedacht.

Bij het pleintje voor taverne *Doel 5* duwt een man met een stok in de struiken. Een tweede komt naast hem staan. Wim hoort de eerste zeggen: 'De ouders van dat meisje hebben al hun familieleden en vrienden gebeld, ze hebben overal gekeken waar ze vermoeden dat dit kind zich zou kunnen schuilhouden. Niets. Ik hoop maar dat die meid geen gekke dingen gedaan heeft, verdomme toch.'

De tweede man schudt het hoofd.

'De kinderen van vandaag zijn geen kinderen meer. Dat wicht wil gewoon wat aandacht en iedereen trapt erin. Niet te geloven, toch... Het is niet meer dan logisch als iedereen zo gauw mogelijk uit dit verdoemde dorp zou vertrekken!'

En de man beent snel weg.

Binnen de kortste keren staat het hele dorp in rep en roer. Marina en Maurice proberen de spontane zoekacties van Doelenaars te coördineren. Velen komen naar het pleintje vragen of ze kunnen helpen. In het hele dorp wordt koortsachtig gezocht.

'Wordt er al in de kerk gekeken?'

'Ze zal toch niet naar de bouwput van het Deurganckdok gegaan zijn?'

'De leegstaande boerderij in de Oude Doel, zoekt men daar al?'

'En de Schelde? Zal ik met mijn boot op zoek gaan?' vraagt Louis Lockefeer voorzichtig.

Dat vindt de politie niet nodig. Als het meisje echt in de Schelde zou gesprongen zijn bij klaarlichte dag, dan had iemand toch iets moeten zien.

'Daar durven we voorlopig niet aan denken, Louis.'

Wim slaat de zoekacties gade vanaf het bankje op de dijk, waar hij en Sofie altijd zitten,

'Dat komt ervan,' hoort hij de voormalige bakker brullen, 'dat is een rechtstreeks gevolg van hoe ze met ons, Doelenaars, een ziekelijk spel spelen! Dat kind is compleet van de kaart, natuurlijk! Die zit diep in de put!'

Wim herinnert zich het gesprek dat hij pas enkele dagen geleden met Sofie voerde.

'Heb je je al eens voorgesteld hoe de kaart van België verandert wanneer Doel er niet meer is?' had Sofie plots gevraagd. Wim had haar verbaasd aangekeken.

'België zal dan anders zijn, weet je dat? Hoe zou dat eruit zien, met een dorp minder? België zonder Doel? Wij zonder doel... En in de put...'
Wim had het zich proberen voor te stellen. Het was hem niet gelukt.

36

'Wie zaklampen heeft, kan ze beter gaan halen', hoort hij Maurice zeggen. 'We zoeken tot we haar vinden, desnoods de hele nacht door!'

'Bedankt, mensen allemaal!' zegt Sofies vader die meteen weer een krop in de keel krijgt.

'We vinden haar wel! Houd moed!' klinkt het ergens vandaan.

Sofies vader knikt moedeloos. Hij gaat bij zijn vrouw staan, slaat zijn arm om haar middel en trekt haar wat dichter tegen zich aan.

'Waar hebben we nog niet gezocht?' hoort hij Maurice vragen.

In het schijnsel van de straatlantaarns merkt Wim dat Sofies moeder heel hard heeft gehuild. Haar gezicht is felrood en opgezwollen. Haast onafgebroken loopt langs haar wangen een fijn straaltje zout vocht. Wim heeft medelijden met haar. Ze huilt en het is niet nodig, denkt hij.

'Hebben we er wel goed aan gedaan om ons huis te verkopen?' hoort hij de moeder van Sofie fluisteren. Haar man haalt zijn schouders op. 'Vroeg of laat moeten we hier toch allemaal weg', zegt hij.

Er klinkt een trilling in zijn stem.

'We hebben onszelf niets te verwijten: of we nu weggaan of later, dat maakt niets uit. Doel verdwijnt, vroeg of laat...'

Wim slikt. Wat Sofies papa zegt, klinkt ontzettend hard,

maar het is misschien wel de waarheid. Hoe groot is de kans dat Doel zal blijven bestaan?

'Wim jongen, heb jij echt geen idee waar ons Sofie ergens uithangt? Jij kent haar toch goed?'

Wim haalt de schouders op.

'Ik dacht... misschien weet Wim...' fluistert Sofies moeder. Wim kijkt naar het gras, naar de kerk, naar de drukte in de taverne, waar mannen een biertje drinken en weer naar buiten komen om op zoek te gaan naar Sofie. Hij probeert de blik van de ongeruste vrouw te mijden. Maar elke keer weer komt hij bij haar wanhopige ogen uit.

'Wim jongen, denk nog eens goed na... Jij kent haar het beste... Ze vertrouwt jou, dat weet ik.'

Wim krijgt het koud en warm tegelijk. Hij hoort hoe een van de agenten tegen Sofies vader zegt: 'Ik denk dat er bijna overal gezocht is. Misschien moeten we het dagboek van je dochter serieus nemen... Als we haar vannacht niet vinden, dan gaan we morgen toch in de Schelde zoeken, maar dat is nu onbegonnen werk.'

Sofies vader buigt het hoofd. Hij lijkt wel een halve meter kleiner dan voorheen.

Sofies moeder huilt. Hartverscheurend.

Wim voelt zijn gezicht gloeien. Sofie... Ze zal toch niet... Nee, dat kan niet, dat doet ze niet, daar heeft ze later niks meer over gezegd. Nee, dat zal niet. Maar die agent zei iets over het dagboek van Sofie... Misschien heeft ze zich bedacht. Wim weet niet meer waar hij het heeft.

'Wim, jongen, wat denk jij. Zou onze Sofie...?'

Sofies moeder kijkt weer naar de dijk waarachter het Scheldewater klotst. Weer huilt ze smartelijk.

'Ik denk niet...' hoort Wim zichzelf fluisteren.

'Wat zeg je, jongen?' snikt Sofies moeder.

'Volgens mij is ze niet…' Wim wendt het hoofd in de richting van de stroom.

'Wat bedoel je Wim?'

'Ze zit… Ze zit…'

'Zeg het! Zeg het!' roept Sofies moeder meteen. Ze schudt ruw aan Wims schouders. Hij schrikt er niet eens van.

'Ze zit in het Hooghuis', flapt Wim eruit. 'Ze wil niet weg uit Doel, en daarom wilde ze dat jullie zouden denken dat haar iets ergs was overkomen. Dat jullie daardoor toch nog zouden besluiten om in Doel te blijven. Dat wil ze het liefst en dus…'

'Het Hooghuis!' roept Sofies moeder. Ze luistert niet meer naar wat Wim te vertellen heeft.

Meteen loopt ze de menigte Doelenaars in: 'Maurice, Maurice! Is er al gezocht in het Hooghuis?'

Maurice kijkt haar aan.

'Het Hooghuis?'

'Ja, Wim zegt dat Sofie daar zit!'

'Dat kan niet,' zegt Maurice op besliste toon, 'want het Hooghuis is gesloten.'

'Ja natuurlijk', beaamt Wims moeder meteen, 'want je hebt mij zelf de sleutel gegeven voor de tentoonstelling van volgende week.'

'Maar dan…'

Wims hoofd gloeit. Duizenden gedachten schieten oncontroleerbaar door zijn hoofd.

'Wim?' vraagt zijn moeder.

De jongen antwoordt niet meteen.

'Heb jij Sofie die sleutel gege…'

Wim knikt en buigt beschaamd het hoofd.

Meteen vertrekt Maurice met een groepje Doelenaars hoopvol in de richting van het Hooghuis.

37

Even later komt het groepje terug.

Zonder Sofie.

Wim voelt hoe al het bloed uit zijn gezicht is weggetrokken.

Hij zweet, maar heeft het koud.

'Wim?'

De jongen schudt het hoofd.

'Ze was er niet, maar de deur stond open.'

Wim opent zijn mond, maar er komt geen geluid uit.

'Wim?'

'Hoe kan dat nu? Hoe kan dat nu?? Ik snap het niet', zegt hij. 'Sofie ging zich daar verstoppen, ik heb haar de sleutel gegeven. Ze zal toch niet...'

Een vriendelijke agent aait hem over het hoofd en vraagt: 'Wat zal ze toch niet, Wim?'

Weer schudt Wim het hoofd.

'Ik weet het niet...' zucht hij. 'Ik weet het niet...'

De agenten overleggen even en één van hen vraagt: 'Een aantal Doelenaars heeft gezegd dat ze het jonge koppel dat hier in een kraakpand woont, niet vertrouwen. Lulkoek? Of gaan we een kijkje nemen?'

'Bij Erik en Petra?' vraagt Marina die vlakbij de agenten staat. 'Wim komt daar dikwijls, maar volgens mij is het meisje daar nooit binnen geweest... Sofie mocht nooit mee van haar ouders. Hé, Wim?'

Wim knikt mat.

'Waarom niet?' vraagt een agent streng.

Wim staart in de verte. Het is hem tot nu toe nooit opgevallen hoe intens de kerncentrale verlicht is.

'Weet ik veel…' zegt Marina in Wims plaats. 'Ik herinner me wel dat Wim ooit zei dat Sofies moeder weinig positiefs over dat stel vertelde, maar dat deed ze over wel meer mensen…'

'De vader van het meisje zei daarnet dat Wim ooit vertelde dat die kraker vond dat er pas weer eensgezindheid zou komen in Doel na bijvoorbeeld een ontvoering…' zegt de agent. 'Weten jullie daar iets meer over?'

Marina en Maurice schudden het hoofd.

Agnes komt erbij staan en trekt aan de mouw van een van de agenten.

'Als ik jullie was, zou ik toch maar eens bij die kraker gaan kijken. Volgens mij werkt hij zwart, en het zou mij niets verbazen als het zijn schuld is dat een paar weken geleden de elektriciteit hier uitgevallen is. En die koeien hier op straat… En die brandstichting in de geklasseerde Rubenshoeve, en de diefstal van Lodes computer, het zou mij niets verbazen dat dat… crapuul er ook weer iets mee te maken heeft!'

'Rustig, mevrouwtje', zegt de agent die zijn mouw tussen Agnes' vingers wegtrekt. 'Ten eerste mag je zonder bewijs niet zomaar iemand beschuldigen en ten tweede zullen wij ons plan wel trekken, dank je wel.'

De agenten gaan wat verderop even beraadslagen. Twee van hen stappen de auto in en rijden in de richting van Petra en Erik.

Wim kijkt hen achterna. Dan slaat hij beide handen over zijn gezicht. Als Sofie niet in het Hooghuis zat, blijven er maar weinig mogelijkheden over…

38

Luguber, dat blauwe zwaailicht op de politieauto, vindt Wim. Hoewel het een warme avond is, voelt hij de koude rillingen over zijn rug lopen. Hij krijgt zijn gedachten niet op orde. Ze schieten alle kanten uit.

De twee politieagenten die in het dorp gebleven zijn, manen iedereen rustig te blijven. Niemand mag richting Petra en Erik.

'Wacht maar,' hoort hij Agnes roepen, 'straks halen ze dat meisje wel uit het huis van die schooier!'

Anderen vragen zich hardop af of twee agenten wel genoeg zullen zijn voor zo'n gevaarlijke opdracht. Zou die kraker een pistool hebben?

'Met dergelijke schooiers kan je nooit voorzichtig genoeg zijn!' gilt Agnes boven iedereen uit.

'Jullie overdrijven', vindt Maurice. 'Die gast is de slechtste niet. Uiteindelijk waren het toch maar wat kwajongensstreken die hij heeft uitgehaald...'

Een van de agenten ontvangt af en toe berichten op zijn walkietalkie. Hij probeert zo discreet mogelijk te communiceren. Af en toe vangt Wim een flard op: kraakpand, ontvoering, drukte in Doel, gewapend...

Wat later maakt een zwaailicht in de verte duidelijk dat er versterking komt. De auto scheurt over de stille polderwegen in de richting van Eriks verblijfplaats.

Op de walkietalkie ontvangt de agent die vlakbij hem staat een bericht. Wim kan niet verstaan wat er gezegd wordt. Heeft hij Sofies naam gehoord?

Wim weet niet meer waar hij het heeft. Allerlei beelden van de voorbije dagen schieten door zijn hoofd. Hij voelt zich verward, duizelig. Ongelukkig.

En het wordt nog erger wanneer even later een politieauto weer voorbij scheurt, ditmaal in de andere richting. Wim kan nog net zien dat in die auto Erik zit.

Agnes gilt: 'Zie je het! Daar zie, daar zie! Dat crapuul! Klootzak, godverdomme!!'

De meeste Doelenaars zijn aangeslagen en mompelen hun verontwaardiging.

Even later stopt de tweede politieauto, waarin Sofie zit, op het dorpspleintje. Gejuich stijgt op uit de menigte. Applaus klinkt. Sofies moeder loopt ogenblikkelijk in de richting van de wagen. Dan stopt ze, draait ze zich om en roept: 'Kom er maar bij, Wim!'

Wim is als verdoofd. Hij voelt een duw in de rug en loopt, haast werktuiglijk, in de richting van de politieauto. Wanneer hij de auto op een paar meter genaderd is, houdt hij halt. Hij hoort Sofies moeder huilen.

'Hij heeft je toch niets gedaan?' snikt ze.

Wanneer even later de politieauto vertrekt, ziet Wim heel duidelijk hoe Sofie naar hem wijst en één woord tot driemaal toe articuleert: 'Ver – ra – der'.

39

De volgende dag zit Erik op het terras van *Doel 5* wanneer Wim voorbij fietst.

'Wimpie!'

Wim herkent de stem uit duizenden. Even twijfelt hij, maar dan stopt hij, draait om en zet zijn fiets tegen de gevel van de taverne.

Erik likt na een slok trappist het schuim van zijn lippen en zegt dan: 'Kom erbij zitten, Wimpie. Wat drink je? Een trappistje?'

'Nee nee! Een colaatje is oké. Zeg, jij drinkt toch altijd gewoon pils?'

Erik knikt.

'Ik drink alleen bier van hoge goesting, eh... hoge gisting, als ik het niet zelf hoef te betalen. Maar vandaag word ik getrakteerd. De mensen hebben het idee dat ze iets goed te maken hebben... Zelfs van Agnes heb ik een biertje gekregen!' zegt hij enthousiast. 'En gisteren nog had ik de indruk dat heel Doel tegen mij was. Gelukkig had jij nog vertrouwen in mij.'

'Ja, ja', zegt Wim schor.

'Hé Wimpie, jij klinkt zo enthousiast als een dode mus. Scheelt er iets?'

En Wim vertelt dat ook hij onder de trap die kranten had gezien, en gevreesd dat Erik de gestolen laptop van Lode Cologne in huis had. En dat hij, toen die politiewagen met

Erik in, de polder in was gedenderd, toch even had getwijfeld…

'Zozo, Wimpie, jij dacht dus dat ik een zware crimineel was, een dief, een ontvoerder… Fijne vriend ben jij…'

Wim bloost. Hij wil iets zeggen, maar vindt de woorden niet.

'… maar ik snap het wel, hoor, ik voelde je wantrouwen toen, en in jouw plaats zou ik hetzelfde gedacht hebben. Ook de politie redeneerde op die manier. Ze vielen gisteravond nogal brutaal binnen, zagen ogenblikkelijk Sofie zitten, vonden die laptop, die kranten… Alleen bleek later in het politiebureau dat hun plaatje niet klopte. Niet elke laptop is er een die bij Lode gestolen werd, hé. Ik heb hem echt gekregen van een vriend toen ik zijn auto heel goedkoop had hersteld hoewel zijn garagehouder gezegd had dat het een heel dure reparatie zou zijn. Die gast had net een nieuwe laptop van de firma waar hij werkt, vandaar…'

Wim voelt zich niet best en drinkt zijn cola in twee slokken op.

'En die kranten, Wimpie, ook daarvoor is er een eenvoudige verklaring. Ik heb je een paar weken geleden verteld dat er ooit een jongen uit mijn klas ontvoerd werd. Dat heeft een grote indruk op mij nagelaten. In die periode heb ik de kranten verslonden, alles over die ontvoering wilde ik weten. En, het mag misschien vreemd zijn, elke keer als ik iets over een dergelijke zaak in de krant zie staan, lees en bewaar ik het. In Grijzegem, bij mijn ouders op de zolder, staan een paar dozen met zulke knipsels.'

Erik glimlacht: 'Ik doe er niets mee, maar ik kan ze niet weggooien… Vind je 't vreemd?'

Wim schudt het hoofd en zegt: 'Eigenlijk niet. Mijn moeder spaart eierdopjes, mijn pa miniatuurtreintjes en jij verzamelt ontvoeringen…'

Erik lacht: 'Elke mens heeft recht op een afwijking, hé!'

'Erik, wat ik niet snap... Ik had Sofie de sleutel van het Hooghuis gegeven. Is ze daar dan niet geweest?'

Erik nipt weer van zijn trappist en knikt: 'Jawel, ze heeft er gezeten tot ze Maurice en nog enkele Doelenaars recht op het Hooghuis zag afkomen. Toen heeft ze dadelijk haar biezen gepakt. En waar kon ze naartoe?'

Wim kijkt naar het pleintje waar enkele Kosovaarse kinderen verstoppertje spelen.

'Ze heeft je vast wel verteld dat ze meteen wist dat ik haar schuilplaats had verraden', zucht Wim. 'Maar wat kon ik doen? Haar moeder was zo verdrietig, zo verschrikkelijk in paniek... Had ik dan niet moeten zeggen waar Sofie zat?'

Erik tikt kameraadschappelijk op Wims rug en zegt: 'Zeg maat, maar waarom vraag je dat niet aan Sofie zelf?'

Wim buigt het hoofd en fluistert: 'Sofie is woedend. Ze wil mij nooit meer zien.'

40

Eén dag voor de verhuizing belt Sofies moeder aan bij Wim.
Ze heeft Cola bij zich.
Wim schrikt wanneer hij de deur opent. Sofies moeder merkt
het.
'Dag Wim, alles oké?'
'Ja, ja.'
'Je kent Cola toch nog wel?'
'Eh, ja. Ja, natuurlijk'
De hond springt tegen Wim op, likt zijn hand.
'Ik merk dat hij je goed kent. Wim, je mag hem hebben. Ik
heb het er met je ouders over gehad en je mag hem houden.'
'Maar Cola is de hond van Sofie!'
'Cola wás de hond van Sofie. Je weet toch dat we in Antwer-
pen in onze nieuwe flat geen huisdieren mogen houden...'
Wim knikt.
'Maanden geleden al had Sofie beslist dat jij en niemand
anders haar hond zou krijgen.'
'Maar...'
'Ik weet wat je gaat zeggen, maar ik wilde Sofie echt niet
dwingen om hierheen te komen. Ze beweert nog steeds dat
ze razend is op jou, maar ik weet wel beter. Ze vindt het
onrechtvaardig dat we Doel verlaten én ze vindt het verkeerd dat je haar toen eh, eh...'
'...verraden hebt,' vult Wim bitter aan, 'maar, maar ik kon
toch niet...'

Sofies moeder schudt het hoofd: 'Je hebt op dat moment de juiste beslissing genomen, jongen, daar zal Sofie ooit wel achter komen. Gun haar wat tijd. Momenteel zit ze nogal in de put, maar ik ben ervan overtuigd dat ze je op een dag komt bezoeken, in Doel.'

'Denk je?' fluistert Wim moeizaam.

'Ik denk het niet, ik ben er zeker van. Sofie is een beetje koppig. Een beetje veel. Zoals haar papa, eigenlijk.'

Ze lacht. Wim probeert mee te lachen. Het lukt niet echt.

'Maar het gaat over en misschien wel sneller dan je denkt. Hier, Cola is van jou, jongen. Zorg er goed voor.'

Ze duwt de leiband in Wims hand. Nog even aait ze Cola's kop, dan geeft ze Wim onverwacht een kus op zijn voorhoofd.

'Tot ziens jongen,' fluistert ze, 'we komen gauw weer eens naar Doel!'

Ze draait zich om en wandelt naar haar auto. Zonder nog op te kijken rijdt ze de Scheldemolenstraat uit.

41

De volgende dag staat Wim op een afstand toe te kijken hoe in de verhuiswagen de laatste spullen van Sofies familie worden ingeladen. Hij heeft op de dijk een wandeling gemaakt met Cola. Wanneer Wim met de hond de trap van de dijk afdaalt, fluistert hij met een krop in de keel: 'Jongen, jouw bazinnetje zien we misschien nooit meer terug.'
Nadat de vrachtwagen is vertrokken, komen Sofie en haar ouders uit hun huis. Langzaam draait Sofies vader voor de laatste keer de deur op slot, gooit de sleutel even omhoog, vangt hem weer op in zijn handpalm en schudt het hoofd. Dan stapt hij zonder op- of omkijken in zijn auto.
Sofie, die nog wat ronddrentelt, kijkt heel even in de richting van Wim. Hij zwaait, eerst voorzichtig, dan zwaait hij met zijn hele lichaam naar haar. Sofie duikt de auto in zonder terug te zwaaien en knalt het portier achter haar dicht.
Langzaam vertrekt de auto. Weg uit Doel.

Wim, hier in Antwerpen is het leven totaal anders dan in Doel. Veel drukker. Maar het valt best mee. Ik heb al een nieuwe vriendin: Nasira. Ze is Marokkaanse. Bijna de helft van mijn klasgenoten heeft een andere nationaliteit. Is dat op je Beverse school ook zo? Ik vind dat best eens gaaf.

Mijn mama en papa komen volgende week zondag naar Doel. Mama wil per se weer eens pannenkoeken eten in de molen op de dijk. En papa wil absoluut de Schelde opnieuw van aan de andere kant zien stromen.

Mag ik even bij je langskomen, om Cola gedag te zeggen? Dat vind je toch goed? Ik begrijp dat je misschien nog boos bent, maar ik had het toen wel heel erg moeilijk. Snap je? (Ik hoop het echt... Erik heeft me vorige week een briefje gestuurd. Ook hij vindt dat ik jou moet opzoeken.)

Stuur je snel een berichtje?

groetje,
Sofie

Aantekeningen

Doel bestaat echt. Het dorp waar ooit zo'n 900 mensen woonden, wordt bedreigd door de Antwerpse havenindustrie. Het ligt er als het ware in de weg... Heel wat Doelenaars hebben hun huis al verlaten, anderen proberen het dorp leefbaar te houden, en organiseren er feesten, rommelmarkten en muziekfestivalletjes...
Ook de straatnamen die ik in 'De Put!' vermeld, bestaan echt. In de Molen op de dijk en in Taverne Doel 5 kan je nog steeds terecht voor een hapje en een drankje. Helaas zijn de kruidenierszaak en de bakker intussen gesloten. Net als het schooltje, trouwens. Er bleven te weinig leerlingen over...
En zelfs een aantal personages in dit boek bestaat echt. Marina en haar man, Maurice Vergauwen die rondleidingen geeft, en Louis Lockefeer zijn levende Doelenaars die het liefst van al in hun dorp willen blijven wonen. Maar niet zij zullen daarover beslissen, wél de politici...

In dit boek lezen Sofie, Wim en Erik gedichten uit 'Van de Kaart'. Ook die dichtbundel bestaat echt. Daarin staan de gedichten die een aantal Vlaamse en Nederlandse dichters op mijn verzoek over Doel geschreven hebben. Het stukje poëzie dat Erik uit het boekje voorleest ('*Het dorpje Doel / wordt leeggeschept en op eigen / vissersgrond als haring uitgezet.*') is van Emma Crebolder. En *Wie sluit de laatste deur? / Wie dooft de laatste kaars?* werd geschreven door Willem Persoon.

Neem eens een kijkje op http://www.ampersand-tilde.tk Wanneer je naar onderen scrolt, vind je daar foto's van een aantal dichters die aan de dichtbundel 'Van de Kaart' meewerkten.

Wie meer informatie over Doel wil, kan natuurlijk terecht op het internet. Een paar tips:
- *Doel, een polderdorpje om van te houden*, heet deze heel boeiende site: http://home.tiscali.be/be065885
- Een reportage over Maurice Vergauwen en over een gekraakte woning in Doel: http://www.hbvl.be/dossiers/-d/doel/spook.asp